海空陸
RIKU MISORA
繪者 WON
落第騎士
英雄譚
17

落第騎士英雄譚
Cavalry
17

天童不為所動，
將《天叢雲劍》插進地面，
周遭捲起漆黑旋風。

風災——《黑龍蜷蜿》
©Won

「我、我怎麼會裸體、這是——!?」

刀華的注意力從鎖鏈轉向周圍，
赫然發現無數人影
包圍著自己。
©Won

『沒想到會演變成這種局面……』
自己的生活範圍內發生了「戰爭」。
手機的廣播軟體傳來快訊，提醒絢瀨這個殘酷的事實。

CONTENTS

間章 波紋逐漸擴散

貴德原家。

這支家族手握日本第二大綜合企業集團——貴德原財團，家族本身源自法國貴族，血統純正。

即便身處二十一世紀，他們仍然堅守代代相傳的「貴族義務（Noblesse oblige）」，分享財富，設立公益基金會，推展各式各樣的慈善事業。

貴德原彼方就擔任公益基金會的總務助理。這一天，她也在基金會旗下的設施，忙著處理山一般高的文件。

彼方和東堂刀華、御祓泡沫結伴來到福岡，但三人只有開頭兩天能一起相處。之後彼方就一直關在基金會裡工作。

「……這下傷腦筋了呢。」

彼方的粉脣發出輕嘆。

基金會其中一項慈善事業，就是位於福岡的育幼院〈若葉之家〉。而〈若葉之家〉目前遭遇了大問題，令她困擾不已。

育幼院附近蓋了一棟著名廠牌的汽車工廠，新居民隨著工廠遷進城鎮。但這些居民卻很抗拒與收容孤兒的機構為鄰。

不，他們不只是抗拒。

這些居民的抗拒早已化為實際行動，開始惡整育幼院員工，以及受庇護的兒童。避鄰效應（Not In My Back Yard）。認同嫌惡設施的必要性，卻不允許其出現在住家附近。

育幼院會收容不特定多數的兒童，這類問題可說是揮之不去，卻難以解決。育幼院院長西方面臨眼前的難題，曾向彼方提議搬遷。但是換一個地方，不代表能解決問題。

新地點搞不好會發生一模一樣的狀況。

再說，搬遷需要金錢。貴德原慈善基金會的預算有限，說實話，她希望盡可能維持現有的機構。但現階段，避鄰問題已經造成實際傷害，為了孩子們好，一定要想辦法處理。

「但願那位老人家的活動奏效……」

彼方口中的老人家，是一名身分不明的老人，前幾天突然出現在〈若葉之家〉。老人自稱播磨天童。他以報答吃住之恩為由，提供一個方法來解決〈若葉之家〉面臨的惡鄰問題。老人提議讓〈若葉之家〉的人擔任地區志工，進而提升周遭居民的好感。

人不了解他人，才會心生畏懼，引發爭執。

〈若葉之家〉的孩子其實非常善良。

只要廣大居民體會到這件事，一定有人願意站在他們這一邊。

老人這麼認為。

彼方也贊同老人的意見。

坐而言，不如起而行。

無論如何，行動優先。

必須主動讓他人理解自己。

這是改革運動的基本。

……彼方自己必須處理基金會的工作，只有參與第一天的清掃公園活動。但聽刀華捎來的消息，育幼院的志工活動似乎十分順利。

有些居民至今從未關注〈若葉之家〉。昨天似乎連這些居民都開始讚賞他們。

老人的計畫若能成功，讓附近居民越來越瞭解〈若葉之家〉的狀況，基金會方面自然也能安心經營下去。然而──

「彼方大小姐，聯盟日本分部有電話找您。」

這時，在同一間辦公室辦公的員工忽然出聲喚了彼方。

「聯盟直接來電？」

來電者的身分令彼方瞪圓雙眼。

聯盟並不是直接聯絡〈腥紅淑女〉，而是指名貴德原慈善基金會，真少見。基金會旗下承辦具有異能的野生動物保育工作，或許是聯絡相關事務。

「請轉接過來。」

彼方指示完，拿起辦公桌上的電話話筒。

「您好，我是貴德原。」

「貴德原彼方小姐，我是聯盟日本分部部長，黑鐵嚴。」

「──!?」

電話的另一端，竟是統帥日本全國〈魔法騎士〉的那個男人。

彼方一聽，語氣流露一絲詫異。

「黑鐵分部長怎麼會──」

「〈若葉之家〉育幼院曾向警察通報，院內收容了一名老人，希望警方協助查明老人的身分。我打這通電話，就是為了那名老人。」

「咦!?」

彼方的確透過貴德原的名義，委託當地警方調查老人的身分。

結果怎麼是由聯盟方面通知……？

「事態緊急，我長話短說。那名老人──播磨天童是一名極為危險的罪犯，不久前趁亂逃出聯盟監獄。」

「!?」

彼方的呼吸頓時一滯。

「但、但是追捕作戰當時發放的罪犯資料裡，並沒有刊登那名老人的相片……」

「前一次特別徵召的當下，並未發現他脫逃。是聯盟方面有疏失。聯盟現在已向九州境內所有〈魔法騎士〉發布緊急狀況，也緊急派遣〈世界時鐘（World Clock）〉新宮寺黑乃前往當地。現在你們的處境最危險，我要求你們立刻讓育幼院的兒童以及附近居民避難，盡可能遠離天童。」

「……!?」

（那名老人是罪犯……!?）

狀況急轉直下，彼方的思考完全跟不上眼前的變化。

她的喉嚨驚得直打顫，說不出半句回應。

但聯盟沒道理撒謊。

——嚴的警告全是事實。

現在這一瞬間，聯盟認定極為危險的罪犯，就待在〈若葉之家〉。

既然如此，現在沒有時間慌張！

「我、我明白了！我現在立刻通知〈若葉之家〉！」

「拜託妳了。聽好，必須極力避免與之開戰。〈大炎〉天童**形同人形災害**。只有特定騎士有能力與他交手。」

「啊、是！我會確實通知其他騎士！恕我失陪！」

彼方馬上掛斷電話。多一秒是一秒。

她立刻打電話通知刀華。

但是打不通。

彼方當下轉而聯絡泡沫。

泡沫倒是一下子就接通了。

『喂，彼方？怎麼啦？』

「泡沫！刀華現在在你旁邊嗎!?」

『刀華？沒有喔，刀華帶那個老爺爺去掃墓了，就他們兩個而已。』

「～～～～！」

不祥的預兆沿著背脊向上竄，揪緊了喉頭。

泡沫似乎透過話筒，感受到彼方的驚慌。

『……發生什麼事了？』

◆◇◆◇◆

黑鐵嚴聯絡完彼方，隨即撥電話到另一個號碼。

嚴統領全日本的伐刀者(Blazer)，早已背下日本境內所有魔法騎士、學生騎士的能力，以及每一個人的基本資料。

他早有預想。

以往聯盟殺不了〈大炎〉播磨天童，只能監禁他。但嚴知道國內仍有騎士有能力對付天童，只是數量稀少。

——儘管新宮寺黑乃全力加速，她從東京出發，還是要花上一點時間才能抵達福岡。

但是派遣附近的〈魔法騎士〉前去對付天童，毫無意義。

只會淪為一面倒的大屠殺。

那一名騎士或許能阻止天童。

若是由「他」出面——

就在嚴盤算的期間，電話接通了。

「您好，這裡是武曲學園理事長室。」

「我是黑鐵。劍菱理事長，我需要緊急徵召貴校一名學生——」

第四章 恩寵的力量

刀刃相接的聲音尖銳淒厲，響徹昏暗的天空。

夕陽宛如血色，籠罩整片墓園。

〈雷切〉東堂刀華施展自身的必殺招數。但這名枯木般細瘦的老人，竟然輕而易舉地抵擋自己的殺招。刀華質問他：

「你究竟是什麼人!?」

「我是天導眾教主，〈大炎〉播磨天童。吾為宣揚上天慈愛之人。」

老人答道，並呼喚自身靈裝(Device)。

「恭迎汝之降臨，〈天叢雲劍〉。」

老人手中出現一把處處生鏽的青銅雙刃劍。

這柄劍鏽跡斑斑，彷彿才剛從古老地底出土。

然而，劍中蘊藏的魔力與腐朽外表相反，既強大又凶惡——

「……！」

刀華立刻收回與之相接的刀刃，大步退後。

對方僅是喚出靈裝，她就馬上察覺了。

眼前老人的魔力龐大無比。

而且，刀華有生以來從未面對過如此級別的強者。

對方絕非泛泛之輩。

她還沒弄清楚老人的底牌，離老人越遠越好，不然太危險了。

更何況——

「……您剛才提到了天導眾？」

老人．播磨天童口中的宗教名。

刀華熱衷於學習新知，她有印象。

「我查過以前伐刀者犯下的案件，當時看過這個名字。在我出生很久以前，帝都旅館曾經發生過大量殺人慘案，犯案的教團就叫做『天導眾』。」

「是，沒有錯。」

「但我不記得案件資料上有播磨天童這個名字。」

「或許有人刻意隱瞞我的名字。我這個人至今仍藏於黑暗之中。」

刀華不懂天導眾與播磨天童被抹除存在，有何因果關係。

但她可以肯定，這名老人的確是危險至極的罪犯。

「你原來是恐怖分子？你至今都在欺騙我們！」

「我感到非常抱歉。但我必須明白上天的旨意，祂為何選在這個時代釋放我？在弄清楚之前，我必須隱藏自己的身分。不過，我聽完刀華小姐的故事，終於明白了。妳值得接受上天的考驗!!」

「你在胡說八道些什麼……！」

「刀華小姐馬上就會明白了。妳一定能懂。」

老人・天童說完，高舉〈天叢雲劍〉。

剎那間，天童全身迸發翠綠魔力光芒，透過劍尖射向天空。

光柱高聳入天，直到肉眼無法窺見的高空。

魔力光芒的催動下，天空起了變化。

天色轉變。

光柱像在吸引天空所有雲朵，雲朵漸漸凝聚，盤旋成渦。

雲堆逐漸膨脹，染黑、低垂。最後化作一片雲幕，比黑夜更深沉的烏黑汙染天空。

這片雲幕並非純粹的陰雲。

「是雷雲……!?」

刀華能操縱雷之力，隨即察覺黑雲的破壞力強大無比。

同時，她渾身顫慄。

倘若天童的能力，足以製造這片籠罩天空的雷雲，以自己的伐刀絕技──〈雷切〉為單位，究竟能使上幾發？

十萬，不、一百萬倍？甚至無從計算。可以肯定的是，強如〈紅蓮皇女〉史黛菈・法米利昂，可能都遠遠不及老人的魔力總量。

但是──

「你的力量的確驚人，可是──」

刀華感到顫慄，她仍然保有鬥志。

她的雙手絞緊刀柄，緊握靈裝〈鳴神〉，重新擺出應戰架勢。

沒錯，伐刀者之間的戰鬥，不只看魔力多寡。

能力之間有屬性相剋。

刀華的魔力總量的確遠遠不及天童。然而，天童的能力如果是操縱雷電，狀況就不一樣了。

刀華和天童同樣身為雷術士，可以以敵人的雷擊充電，轉化成自己的力量。

「你運氣倒是差了點。雷電對我可不管用！」

雙方的能力可以彼此抵消。

這樣一來，這場勝負將取決於武藝。

論劍術，刀華絕不會輕易落敗。

更別說刀華看過天童的身體。他在大戰受過嚴刑拷打，身上早已遍體鱗傷，消瘦虛弱。

手臂肌肉流失，只剩皮包骨。

骨骼不自然扭曲。

眼窩沒了眼球，只會溢出魔力光芒。

天童的聽力似乎極為優異。但身體衰弱成這副德行，多了聽力也難以進行肉搏戰。

刀華深信自己占優勢，準備攻向天童。不過——

「不，這力量並不會用來攻擊妳。」

「咦？」

天童忽然一把揪住自己的胸口，像是心臟被人挖走似的，大聲哀號。

「啊啊啊……！我太心痛了……！那些心地善良的孩子，將食物分給我充飢，處處幫助眼盲的我，我卻不得不下殺手……！但是，考驗必須殘酷，不然毫無意義。為了讓刀華小姐，讓妳抵達上天『恩寵』的境界，這一切的犧牲都是迫不得已啊！」

「——」

針刺般的寒意，瞬間刺進刀華的頭骨，她同時回想起來。

『考驗即為上天的慈愛！上天的慈悲將會引領人們，走向高峰！失去父母，令妳更加成長。假如妳失去了現在的家人、夥伴、好友，並且重新振作之時，上天必定會賜與妳「恩寵」！』

天童方才宛如換了個人，饒舌地說出一大段不祥之語。

換句話說，天童的目標是——

「怎、怎麼能讓你得逞——！！！」

刀華大喊，同時發動伐刀絕技〈疾風迅雷〉。

以電力激發自己的肌力，邁步奔去。

奔向那名意圖傷害心愛家人的敵人。

刀華貌如惡鬼，凶狠地衝上前。她的敵人卻張開雙手，像在歡迎親愛的自家人。

「沒錯，絕不能讓我得逞。但是——現在的妳沒辦法阻止我。」

胡說八道。

天童的舉動看似游刃有餘。刀華認定他虛張聲勢，卻不敢大意。

當天童落入日本刀範圍的瞬間。

刀華活用〈疾風迅雷〉的敏捷，繞向天童的死角。

持有〈天叢雲劍〉的一側是慣用手。刀華的目標則是慣用手的另一側。

從這個位置攻擊，敵人無從躲避。

刀華深信自己的判斷，朝天童伸出利牙。

「〈雷切〉————！！！」

這一次，超越音速的雷電一斬終於砍中天童。

刀刃打橫斬去，從天童的側腹滑進身體，斬斷身體中線，直接穿過另一邊側腹。

沒錯。

穿過去了。

毫無斬斷物體的手感。

「咦!?」

簡直像是砍中雲霧。

不，不只自己毫無手感。

天童的身體明明被人一刀兩斷，卻沒有流出任何一滴血。

他身上徒留〈鳴神〉的刀痕。

刀華並未因異狀停下動作，順勢拉回〈雷切〉，來回揮砍天童三次。

但這每一刀，都不見一滴天童的鮮血。

刀刃確實憑空穿過他的身體。

既沒有斬斷肌肉的觸感，也看不見刀砍造成的皮肉撕裂傷。

自己的攻擊顯然沒有命中。

「怎、怎麼會!?」

是某種魔法的效果？

刀華疑惑不已。天童則是像身在〈若葉之家〉時一樣，語調溫和地說：

「很遺憾，現在的妳不可能傷到我。我接受過『恩寵』，而妳只是個普通人，我們之間的境界有如天壤之別。」

「你從剛剛開始一直提到『恩寵』，那到底是什麼意思!?」

「『恩寵』是上天賦與人類的救贖。伐刀者能以自我塗改世界的色彩，當伐刀者跨越自我的極限，便會產生奇蹟，靈魂與肉體將會脫離人類的境界。」

「……!?」

「經常有人用伐刀者的魔力來比喻人的命運。魔力能夠超越事理，革新世界。在伐刀者出生當下，伐刀者的魔力上限就已經固定。但有時會發生十分少見的案例。有些伐刀者能夠超越被賦予的極限，抵達命運外側——踏入非人領域。我的靈魂、肉體不再平凡，極為接近神靈。」

他到底在瞎說什麼？

魔力總量無法成長。

伐刀者人人皆知，這是常識。

他只是在虛張聲勢。

天童之所以不受物理攻擊影響，肯定是某種伐刀絕技作祟。

刀華的理智以常識否定對方。

然而——

刀華內心深處……戰士的本能令她回想起一件事。

七星劍武祭冠軍賽。

〈落第騎士(Worst One)〉黑鐵一輝已經親自承受〈紅蓮皇女〉的必殺招數——〈燃天焚地龍王炎(Calusaritio・Salamander)〉，卻又起身再戰。

當時早已超過〈一刀修羅〉的時間限制。

他卻再次發動〈一刀羅剎〉。

一輝當時的變化，就如天童所言。

「唯有跨越考驗，蒙上天『恩寵』，抵達超人境界，才有辦法阻止我！妳也不例外！」

「唔……！」

下一秒，天童全身散發更強烈的魔力光芒。

龐大魔力透過〈天叢雲劍〉的劍尖，沿著光柱升上天際。

魔力升空，撞擊盤旋的汙濁雲海，緩緩滲入。

雷雲吸入天童的魔力，更加激烈翻滾——

「天災——〈崩天萬雷〉。」

烈光瀑布隨著咒語，傾瀉大地。

「啊!?」

強光、聲響彷彿能擊碎整個世界。

天空落下衝擊，震得刀華不自覺縮了縮身子。

不過，萬雷齊下，卻沒有一分落在刀華與天童所在的墓園。

落雷全數刺向周遭的山林，以及山下的城鎮。

「啊、啊啊！」

墓園坐落在高臺上，一眼便能看清山腳下的城鎮。

無數雷電落入城鎮。

每一發落雷都引發爆炸，山林、城鎮頓時陷入火海。

〈若葉之家〉所在的住宅區同樣被火舌包圍。

「住手！快住手——！」

天童究竟是用什麼方法化解自己的攻擊？

她甚至沒有時間思考這個問題。

〈雷切〉、〈電光〉，刀華費盡所有招數斬向天童。

刀砍、刺穿、橫劈。

腰部、脖子、手臂。

數十招、數百招，她甚至忘記了呼吸，顧不上分配魔力，直逼力量與精神的極限。

但她仍然無法觸及敵人。

〈鳴神〉的刀刃一刀、又一刀憑空穿過天童的身體，只砍到空氣。
「呼啊、哈、哈呃！呃、唔嗚嗚……怎麼會！為什麼！」
勉強連續進攻，隨即耗損刀華的心肺功能，體力不支。
行動變得遲鈍，刀路偏移，失去力度。
〈鳴神〉刀身的雷電量也以加速度減少。
魔力也即將見底。
刀華疲憊不堪，仍沒有停止進攻。
然而——就在此時。
刀華的聽覺開始習慣落雷震耳欲聾的巨響，一股聲音悄然傳進她耳中。
這聲音是哀號。城鎮處處迴盪無數慘叫。
落雷如雨般降下，居民驚慌逃竄。慘叫，正是來自居民之口。
「啊、嗚呃……！」
刀華腦中頓時浮現恐怖的想像畫面。
〈若葉之家〉的家人烈焰纏身，一一倒下。
刀華無力地跪倒在碎石地面。
她的體力早已因為無謂的進攻疲憊無比，這幅畫面成為壓死駱駝的最後一根稻草。
「不、要。什麼考驗、什麼愛、什麼恩寵，我根本聽不懂你在說什麼。你如果對

© Won

我有企圖，直接衝著我來……嗚、不要波及無辜啊！」

刀華跌坐在天童腳邊，朝他伸出手，彷彿想抓住浮木。

然而，她的手直接穿過天童的身體，落在地面。

這狀況更令她無助──

「拜託你……求求你了……！」

憑藉一己之力，卻無從抵抗。

刀華面對這份敵意，無計可施，只能出聲哀求。

天童俯視虛弱的刀華──

「唉，太可憐了。我懂，我非常明白妳有多痛苦。」

他主動跪了下來，溫柔地擁抱刀華──像在安慰她。

「面對威脅卻只能苦苦哀求。我那時也一樣不甘心。

戰時被捕之後，我身在那地獄之中。

只能向上天祈禱。

請幫幫我！幫幫我！

但是，妳放心。

上天慈悲為懷，總是會備好救贖之法，幫助無辜眾生面對祂賜與的難題。

我想將這份機會、這份上天的愛，傳遞給即將承擔未來的年輕一代!!

刀華小姐，妳自幼雙親逝世，體會過傷痛，卻樂於分享父母的愛。努力不懈，希望盡力成為願意付出的理想自我！妳是如此高尚、堅強，我完全比不上妳。就像那群青少年！他們來到了仍以大國自居，傲氣未除的日本，排除萬難，只為了與同世代的異國之人構築友誼。

妳一定辦得到！

妳一定能打敗我，克服考驗，拯救眾人！

甚至能掃除那片即將覆滅時代的『永夜』！

來吧，請妳綻放光芒，照亮這片伸手不見五指的漆黑!!」

「～～～～！」

語氣夾雜著哽咽。

失去眼瞳的眼窩溢出魔力光芒，一顆又一顆，如同淚珠。

天童皺巴巴的臉龐，流露真心的疼惜、憐憫以及愛。

正因為他的情緒如此真切，更令刀華眼前一昏。

無法溝通。

無法理解。

對方明明緊擁著自己，甚至到隱隱發痛的地步，自己伸出的雙手卻摸不著對方，話語也傳不進他耳中。

仰望天童身後的天空，那片雷雲蘊藏的能量，等同幾百萬發〈雷切〉，現在依舊降下萬雷，焚毀城鎮。

面對如此慘狀——

（我、什麼也、保護不了……）

〈鳴神〉從刀華手中滑落。

敵我之間的差距遙不可及，反抗心隨之潰散——

「誰來、救救大家……」

刀華的眼眶溢出淚水，忍不住低聲求助。

這名戰士以往無論遭遇何種困境，在敵人面前不曾失去高潔之心。

「妳說錯了，是妳獲得上天『恩寵』以後，親手拯救所有人。」

天童對崩潰的刀華悄聲說道，語氣仍然溫柔和善——

「刀華————————!!!!」

「……!」

就在這個時候。

御祓泡沫接到彼方通知，終於趕到墓園入口。

他見到刀華身旁態度凜然的天童，臉色大變，快步奔上前。

但是泡沫的舉動太魯莽。

「所以，請更加憎恨我。恨意會促使妳超越考驗，超越我。」

〈天叢雲劍〉的劍尖緩緩指向泡沫。

絲絲紅光，像是龜裂，又像血管，從鏽跡斑斑的青銅劍柄延伸到劍身。

紅光瞬間布滿劍刃，範圍擴大，劍身頓時化為火燙的烙鐵。

其中蘊藏龐大熱能。

「不要——」

「火災——〈萬象灰燼〉。」

刀華來不及制止。

〈天叢雲劍〉的劍尖指著泡沫，釋放巨大火焰。

「小沫快逃啊啊啊啊啊啊！！！！」

刀華大喊。

但已經慢了一步。

〈天叢雲劍〉彷彿火山爆發，劍尖噴出烈焰濁流，瞬間淹沒泡沫，燒毀一切，甚至不留一絲影子——

「嗯？」

本來應該是如此。

墓園入口經過烈焰濁流奔騰過後。
周遭墳墓、碎石路、石板地面，所有事物燒得焦黑，泡沫卻平安無事。
他站在原地。
「哇靠，我就說嘛。這次的敵人可怕到不行，別衝那麼快。但我也真沒料到，這傢伙居然誇張到這種地步。」
泡沫與另一個青年結伴趕到。青年手持長槍，長槍圍繞金色魔力光輝。他正是上屆〈七星劍王〉諸星雄大。
「諸星同學……!?」
「東堂，妳看起來……勉強算沒事。──然後是這傢伙。」
諸星擋在泡沫身前，眼神銳利地望向天童。
「你就是〈大炎〉播磨天童吧？」

◆◇◆◇◆

統領全日本騎士的〈國際魔法騎士聯盟〉，分部長黑鐵嚴將天童的消息告知貴德原彼方之後，隨即聯絡武曲學園，特別徵召兩名學生騎士。
一是〈浪速之星〉諸星雄大。
另一人則是諸星的同學，〈天眼〉城之崎白夜。

徵召諸星，是做為對付天童的戰力。

至於白夜，嚴相中他的能力〈瞬間移動（Teleport）〉，用來傳送諸星。

兩人經由武曲學園理事長得知徵召事項，當場答應。

兩人從大阪連續傳送至福岡，只花了短短五分鐘，便與彼方會合。彼方早已開始緊急疏散周遭居民。

三人會合後，諸星留下白夜，改讓泡沫領航。刀華現在還獨自待在天童身旁，處境危險，泡沫熟悉周遭地理，再加上能力使然，百分之百能帶著諸星抵達目的地，前去幫助刀華。

「東堂！育幼院的孩子都沒事。貴德原和其他騎士聯手引導他們避難了。小白也在那裡，沒人比那傢伙更擅長逃跑啦！妳儘管放心！」

刀華還跪在天童跟前。諸星對她喊道。

刀華聽見這番話——

「————」

頓時化作斷了線的人偶，渾身一癱，趴倒在地。

親愛的家人平安無事。

當她得知這個消息，緊繃到極限的心弦隨即斷裂，嚴重疲勞加上魔力耗竭，使她虛弱昏倒。

「刀華——！」

強悍如東堂，居然力竭倒地。

刀華昏倒，再加上現在進行式焚燒大地的大災難，全都出自眼前這名男人一人之手。諸星馬上認知到，即將交手的敵人，可能是至今最大的阻礙。

他張大口，深吸一口氣入肺——

「御祓，扛著東堂快跑！我幫你們製造逃跑機會！」

接著大聲下令，同時奮力蹬地。

槍尖指向天童，以直線最短距離刺去。

天童見狀，則是從天空的雷雲降下雷電，對付諸星。

無數光槌從天而降。

諸星以敏捷的步法應戰，擾亂敵人。

移動時而緩慢，時而急促，讓天童錯估自己的位置。

黑鐵一輝的祕劍〈蜃氣狼〉曾經擺了諸星一道。現在輪到諸星運用類似的戰法。

實力達到諸星這個等級，自然能輕易重現見識過的體術。

他依樣畫葫蘆，混淆天童。

並且趁著敵人無法看清標的，一口氣逼近——

「嘿呀!!」

手持〈虎王〉刺向天童心臟。

「……唔！」

天童向後大跳一步，逃開刺擊。

他面對刀華的劈砍，明明連躲都不躲。

「就是現在！快帶走她！」

「我知道！」

天童一向後退，諸星隨即朝泡沫打暗號，叫他帶回昏倒的刀華。

泡沫扛起刀華，準備移動。諸星站在泡沫與天童中間。

他將兩人護在身後。

天童的奔雷再次轟向諸星。

諸星這次不閃不躲。

免得雷電波及正在逃跑的泡沫。

諸星舉起〈虎王〉，打消上頭的雷電。

雷電一接觸〈虎王〉，力道和能量瞬間消失。

天童見狀，這才恍然大悟，微微點頭。

「……你能夠破解魔力嗎？難怪直接承受〈萬象灰燼〉還能毫髮無傷。」

「〈虎噬(Tiger Bite)〉，這是我自豪的利牙。管他是伐刀絕技還是靈裝，魔力組成的玩意全都能咬成碎片。看你躲得這麼用力……黑鐵老爹說的似乎沒錯。我的能力對你的確管用。」

諸星接受徵召時，聯盟將所有關於〈大炎〉播磨天童的情報提供給他。

播磨天童。

靈裝為雙刃劍，劍銘為〈天叢雲劍〉。

能力為操縱「災害」。

尤其是他經歷〈超度覺醒〉，肉體異於常人，轉化成極為接近靈裝的靈體。

魔力針對物理衝擊，擁有極為強大的防禦力。而魔力凝聚而成的靈裝、同質地的肉體，同樣非常堅固，一般方法難以破壞。

再加上天童結合魔力的特性與能力，**將肉體化作雲霧，避開所有攻擊**，更加棘手。

不過——仍有例外能順利攻擊到他。

那就是諸星的能力，伐刀絕技〈虎噬〉——能夠直接破壞魔力本身。

黑鐵嚴看中諸星雄大的能力，才在這次意外任用他。

能對天童迎頭痛擊的騎士少之又少，諸星正是其中一人。

「覺醒什麼鬼的……我第一次聽說，還摸不著頭緒，但你化成靈體閃開物理攻擊也沒用啦，一樣逃不掉我的〈虎王〉。臭老頭，乖乖讓我抓回牢裡吧!!」

諸星斷定自己占優勢，再次上前。

這次不是救助刀華，而是為了咬斷天童的命根。

天童見狀──

「你說得沒錯，這能力確實殺得了我。」

他不閃不躲，直接承認──

「前提是，你的槍要能傷到我。」

天童明知諸星占盡優勢，仍然不為所動。他手持〈天叢雲劍〉，刺進地面──

「風災──〈黑龍蜷蜿〉。」

在自己周遭掀起漆黑旋風。

「唔喔，龍捲風！」

暴風「災害」之力封住奔跑路線，阻斷諸星的刺擊。

漆黑龍捲風直衝雲霄，扭轉雲海。

龍捲風的大小與轉速，遠遠超越風系魔法專家──〈烈風劍帝〉黑鐵王馬。

天童能力之泛用，連諸星也忍不住咂舌。

〈大炎〉是人形災害。這形容的確貼切。

但是──

「風是很大。但管你這些天災有多大威力，魔力引起的現象都不是我的對手啦！」

諸星在〈虎王〉附上金黃色魔力光，再次衝鋒。
槍尖捅進那條身長如龍，不斷盤旋的旋風。
「咬碎一切！〈虎王〉!!」
龍身側腹隨即開了大洞。
「看到啦！」
天童就待在龍腹內，毫無防備。
筆直衝刺，就能展開近身戰。
諸星的招式中沒有遠距離攻擊。
他只能跳進〈虎噬〉挖出的無風大洞，將天童納入長槍攻擊範圍。就在他跳進去的剎那──
「──呃啊!?」
從旁傳來一股衝擊撞飛諸星。
這股力道十分猛烈。他的身軀直接撞壞墓園的墓碑，摔在墓園入口。入口距離天童至少三十公尺遠，泡沫正好要從入口逃走，不禁嚇得瞪大雙眼。
「……痛、痛死了……！混蛋……！」
是什麼撞飛諸星？
那是龍捲風捲走的墓碑。
暴風裡還有大大小小無數的碎石，正劇烈旋轉。

（隨便跳進去，會被搗成肉醬……！）

要一邊閃躲又多又快的碎石，一邊衝刺？根本不可能。

既然如此，該怎麼穿過那陣暴風圈？

諸星一邊思考，一邊起身——下一秒，天空傳來一股沉重的壓力。

「——！」

抬頭一看，正好就在諸星頭頂上。

低垂的黑雲散發陰邪的翠綠光輝——

「〈崩天萬雷〉。」

「嗚喔喔喔喔喔喔喔喔喔喔——————！！！！」

天空瞄準停止動作的諸星，砸下光槌。

一次、又一次，重複幾十次。

諸星以槍上的〈虎噬〉為盾，接下所有雷擊——

（這攻擊量太緊密了……）

落雷毫不間斷地落下，逼得他無法動彈。

他只要漏擋一擊，恐怕立刻變成一堆焦炭。

諸星只能高舉長槍撐下去。

但這是打消耗戰。

天空降下的能量不斷重壓諸星，背脊吱呀作響，全身從腳跟漸漸陷進地面。

儘管天童已經施展無數次伐刀絕技，他的魔力卻完全不見衰勢。

——聯盟稱他這種人叫做〈魔人(Desperado)〉，是吧？

他們強行掙脫先天魔力總量的箝制。

諸星從未聽聞世上存在這類伐刀者，但是天童已經展現自己的魔力總量，他不得不承認。

人類不可能擁有這種魔力總量。

天童，早已不是人類。

這個男人，就是會走路的人形災害。

所以——諸星果斷下決定。

「咆哮吧——!!〈虎王〉——!!」

諸星用〈虎王〉槍尖指向天空，朝落雷奮力一刺。

同時提高〈虎噬〉的力道到最大，往天空釋放。

〈虎王〉槍尖噴發金色魔力光，吞噬天童魔力汙染的翠綠落雷，同時衝向天際，在黑濁天空開了一塊巨大空洞。

局部的雷雲散去，攻擊終於有了停頓——

「這只靠我搞不定！溜之大吉！」

泡沫站在一旁，諸星從泡沫肩上一手搶過昏倒的刀華，抱著她拔腿就跑。

他就這樣背對天童，腳底抹油。

「呃、好！」

泡沫急忙追上去，三人沿著墓園入口下方的斜坡，全速衝刺。

專注一致，逃得毫不迷惘。

三人逃得如此果斷，天童不由得出聲佩服道：

「一斷定跟我之間的實力差距，馬上採取最適當的行動呢。」

刀華雖是慌了手腳，但她一直白費功夫進攻，導致自己力竭倒地。諸星的判斷比她恰當許多。

單就做為戰士的成熟度，這名後到的少年顯然高明一點。

天童做出評判，露出微笑，表情仍舊和善。

「我們大人保住的未來，孕育了他們這些潛力無窮的年輕人。實在令人欣喜。」

正因為如此。天童心想。

自己必須傳達下去。

傳達上天的慈愛。

必須賦予他們。

賦予他們上天的考驗。

自己苟延殘喘，又再次重獲自由，踏上這片土地，就只為了達成任務。

「震災——〈巨星地鳴〉。」

天童輕觸地上的〈天叢雲劍〉，高聲詠唱，欲賦予刀華更加殘酷的命運。

這是震盪星辰的咒語。

這記伐刀絕技能夠操縱地球上最嚴重的災害——地震。

天童的魔力透過〈天叢雲劍〉，滲入行星，山脈開始抖動。

一開始只是隱隱發顫，隨著時間越搖越劇烈，周遭的墓碑東倒西歪，山上燃燒的樹林互相摩擦。最後，地面以〈天叢雲劍〉為中心，逐漸龜裂——

下一秒，隨著一陣巨響，山崩地裂。

碎裂的山川化為土石流，向下崩塌。

泥流湍急、沖刷。

壓垮萬物。

熊熊燃燒的森林，高臺上的住宅區，剛從天童手中逃走的諸星等人，全都遭到土石滅頂。

震動不只影響山林，也波及山腰下的福岡市區。

震動所到之處處處裂痕，地盤塌陷或是隆起，上頭的建築物紛紛從地基斷裂、倒塌，化作成堆瓦礫。地震期間，仍然不間斷地降下落雷，引發爆炸與火災——

短短一個小時內，福岡市區全區**毀壞**。

◆◇◆◇

「……嗯、唔……」

意識緩緩清晰。

東堂刀華隨著意識清醒，慢慢睜開眼。

眼前是冰冷無味的白色天花板。

她躺在病床上，身上插著點滴管線。

「這裡是……」

「啊，刀華，妳醒了。」

刀華望向聲音來源。好友貴德原彼方就在一旁，放心地露出微笑。

「彼方……啊。」

她一見到彼方，原本模糊的意識赫然驚醒。

「彼方！孩子們呢？媽媽他們還好嗎!?」

刀華坐起身，心急地一個勁追問。

彼方安撫刀華，答道：

「〈若葉之家〉的所有人都平安無事。聯盟提防得早，已經事先疏散當地居民。」

「……是喔，太好了……」

自己昏倒之前聽諸星說的那番話，似乎是真的。

刀華確認事實，放下心中的大石，眼眶泛淚。

彼方見狀，表情卻黯淡了下來——

「只是，泡沫跟著諸星一起去救刀華的時候……被捲進土石流，現在還沒恢復意識。」

「……！小沫昏倒了！？」

「諸星同學扛著妳們避難，勉強保住性命。現在還在昏迷中。」

「小沫……」

泡沫昏迷，當時昏倒的自己卻毫髮無傷。

考量到泡沫的能力特質，這狀況並非不可能。

刀華馬上察覺。

泡沫以能力操縱結果，救了自己。

刀華在內心感謝泡沫，再次詢問彼方：

「我中途昏過去，不記得當時的事。妳剛剛說發生土石流了，對不對？在那之後怎麼樣了？現在究竟是什麼狀況？」

「我會按照順序解釋給妳聽。」彼方說著，開始描述：

「首先，從那起事件到今天，已經過了五天。」

「已經五天了!?」

「五天前的傍晚，福岡市上空以難以置信的速度凝聚大片雷雲，雷電在整座城市引發火災。再加上附近地區集中發生地震、豪雨等災害，重創福岡縣、佐賀縣全域，以及大分、長崎、熊本部分區域……包含我在內的騎士一邊保護市民，一邊進行大規模疏散，讓市民逃往九州南部。這裡是宮崎市的大學醫院。」

「居然這麼嚴重……」

刀華看向病房窗外，有一座廣場，大小約有大學操場那麼大。廣場內設置數個帳篷，視野範圍內擠滿難民，數量難以估計。

人山人海。

但就避難規模來說，眼前這些難民很可能只是一小部分。

「而且……現在災害影響還在擴大。雷雲的擴大速度、降雨量和地震發生頻率，是到今天好不容易才稍微穩定。但是災難源頭仍在，距離第二次擴大災難範圍可能沒有多少時間。」

「……也就是說，還沒辦法抓到那個人。」

「是。諸星同學、城之崎同學抵達不久後，理事長也趕到了。但是雷雲、地震造成的受災市民數量太過龐大，不得已只能優先救災跟疏散。幸好理事長做了這個決定……人員傷亡遠比財產損害少上許多。」

但元凶仍然逍遙法外。彼方的語氣非常遺憾。

「我原本對自己看人的眼光還算有自信。萬萬沒想到，那名老人竟然引發這麼嚴重的災難……」

「……我想，或許是因為他不是基於惡意弄出這場災害。」

「咦？」

刀華回想起來。

天童犯下那樣殘酷的暴行，他對自己說話時卻不帶一絲惡意，反而充滿慈愛。

他陪刀華等人一起解決〈若葉之家〉的煩惱，當時的語氣也一樣慈祥。

換句話說，對天童而言，為〈若葉之家〉採取行動，以及犯下現在這些罪行——全都出自善意。

為了將他所謂的「恩寵」賜給自己。

他的認知太脫離常識，刀華根本難以體會。

刀華回想著老人展現給自己的種種奇行——

「……！」

忍不住背脊一寒，渾身顫抖。

就在這時——

『通知所有參與救災的魔法騎士。

今日下午三點，將於緊急應變中心舉行作戰會議，討論逮捕嫌犯之作戰事宜。

包括學生騎士在內，等級達B級以上者，皆需參與會議。

重複一次——』

針對魔法騎士的廣播響徹屋內外。

彼方聽見廣播，站起身。

「災害擴大速度減緩，現在正是反攻時機。我也去參加會議。刀華就好好休息。」

刀華聞言——

「不，我也要去。」

她說著，爬下病床。

「可是……」

「沒關係，我又不是受傷。既然要計畫打倒天童先生，我親眼目睹過他的力量，我最好也在場。」

「……我明白了。我帶妳去應變中心。」

◆◇◆◇◆

刀華跟著彼方，走進大學醫院的會議室。應變中心就設置在這裡。

會議室裡早已聚集近二十名的魔法騎士。

他們不分男女，人人身上沾滿煤灰，面帶倦容。

這些騎士在這五天內，拚了命從天童的威脅之下保護無力的居民，帶著他們逃過死劫。

諸星的身影也出現在其中。

他認出刀華，隨口搭話：

「喔，東堂，妳醒啦。睡過頭囉。」

「諸星同學，這次真的多虧你幫忙。非常謝謝你。如果你沒趕來，還真不知道會演變成什麼狀況。」

諸星見刀華低頭致謝，揮了揮手，表示自己不在意。

「要道謝就去謝那個小個子吧……要不是他動用能力保護我跟妳，我們早就三個人手牽手，一起死在土石流下了。」

「我會的。可是諸星同學也救了我。」

「那等到解決這鳥事，妳請我吃頓飯。妳是當地人吧？」

「我知道了，就請你好好期待。」

雖說她也不知道，當地店家要到幾時才能重新開張。

「……話又說回來，參加會議的人意外地少呢。」

「畢竟這次只召集B級以上的騎士。現在西日本的騎士、學生騎士大都忙著救災。更何況日本全國的B級騎士也才不到一百人。不過也因為只召集B級，來參加的面孔都大有來頭啊。」

諸星說得沒錯。

會議室裡多半是小有名氣的騎士，例如七星劍武祭的執行委員長，〈審判天雷〉海江田勇藏。

看來是準備由少數菁英進攻。

刀華也認為這個決策正確。

總不能放著逃難來的居民不管。而且進攻人數再多，打不中天童也是枉然。貿然派出實力不足的人應付那種強力攻擊，等於讓我方多幾個活靶——

「怎啦？」

「不、沒有，沒事。」

刀華想起天童的攻擊規模，那超越人類認知的絕對力量，身軀仍然恐懼地直打顫。

但是她隱瞞自己的情緒——

「久等了。」

不久後，A級騎士〈世界時鐘〉新宮寺黑乃走進會議室。正是她負責指揮這次作戰計畫。

她走到會議室的螢幕前，環視前來集合的一行人。

當她看向刀華時，眼神凝視了一陣子。

似乎在詢問刀華：沒問題嗎？

黑乃應該是擔心她的身體狀況。

刀華點頭回應，暗示自己可以參加會議。

黑乃見狀，開口說道：

「那麼現在開始舉行討伐〈大炎〉作戰會議。」

◆◇◆◇◆

「首先先讓各位瞭解現況。〈大炎〉出現在福岡縣福岡市後，連續使用異常的大範圍破壞魔法，重創九州北部。現在〈大炎〉停留在他與〈浪速之星〉、〈雷切〉交戰的場所——嚴格來說是該場所的遺跡。〈天眼〉前往當地刺探狀況回報，〈大炎〉似乎也相當疲憊。」

他弄出這麼大場面，不累也難。

黑乃譏諷道，接著說下去：

「不過他恐怕安分不了多久。一旦〈大炎〉再次行動，可能進而危及九州南部——我們必須在他再次行動前動手。」

在場的騎士點頭回應。

不需要黑乃多言，所有人都明白狀況。

一邊保護居民，一邊進行討伐作戰，未免太困難。

萬一來不及回防，肯定會出現更多犧牲。

但在場的騎士同樣抱持一個疑問。

海江田輩分較高，就由他提出了問題：

「〈大炎〉播磨天童處於名為〈超度覺醒〉的特殊狀態，攻擊難以生效……我從事騎士也很多年，還是第一次聽到〈超度覺醒〉。新宮寺，可否請妳解釋一下？」

黑乃聽見海江田的問題，點了點頭。

原本只有接近〈覺醒〉(Brute Soul)境界，或是已經抵達該境界的人才能得知相關事項。但現在是緊急狀況，聯盟已經下達告知許可。

不能讓我方對敵人一知半解，就上戰場與之搏命。

不只有提問的海江田，黑乃應其要求，開始向在場騎士說明：

「我們伐刀者在出生之時，魔力總量就不再變動。這是常識，人人都知道，而這句話大致上沒有錯。

但在非常稀少的狀況下，有伐刀者能跨越限制，擴展魔力量的極限。這個現象稱為〈覺醒〉。

伐刀者經歷〈覺醒〉，靈魂便會脫離常人，不再受制於人類的極限——掙脫命運的擺布。

這個狀態稱之為〈魔人〉。伐刀者成為〈魔人〉之後，便會增加魔力量，擁有

〈引力〉——能以自我意志掌控因果，也不容易受因果干涉系能力影響。」

「一整個等級提升耶。聽起來好處多多啊。」諸星說道。

「這狀態的確可以用升級來形容。但是〈覺醒〉等於是拋棄生而為人的緣分。有時非人之魂甚至會拉扯肉體，〈魔人〉會進而喪失人性。這個狀態就稱為〈超度覺醒〉。伐刀者一旦誤入〈超度覺醒〉狀態，會徹底喪失生而為人的理性，被自我（Ego）吞噬，變成怪物。」

無限膨脹的自我會吞噬人類的判斷力。

一個人若是無法遏制自身慾望，很難在人類社會中生存。

「自古以來，世界各地都流傳著『鬼』、『惡魔』等傳說。聯盟現階段認定這些傳說的來源，很可能就是在〈超度覺醒〉中喪失人性的伐刀者。」

「換句話說，〈覺醒〉很容易讓伐刀者變成怪物，聯盟基於危險，才向我們隱瞞〈覺醒〉相關的消息嗎？」

刀華說道。黑乃點了點頭，表示這也是原因之一。

「我們騎士總是積極上進，希望抵達更高的境界。如果所有人得知〈覺醒〉一事，想必有更多人會以〈覺醒〉為目標，鍛鍊自我。

然而，單靠尋常鍛鍊與才華，絕對不可能順利〈覺醒〉。

竭盡全力，鑽研任何自己可以鑽研的領域。直到看見自己的極限，還不願放棄可能性，更加向前邁進。伐刀者必須經歷嘔心瀝血的努力，並且無比強烈地執著於自我，才能真正踏入〈覺醒〉境界。我想大家還記憶猶新，沒錯，就如同七星劍武祭決賽時的〈落第騎士〉。

只要亂來就能超越極限。聯盟生怕有人大肆宣揚這種錯誤觀念。這種認知一旦宣傳開來，一般人或許會強迫伐刀者嘗試突破。屆時，伐刀者的人權恐怕會一落千丈。」

「「……！」」

下一秒，在場所有騎士不約而同僵住了臉。

黑乃口中的未來，實在令他們毛骨悚然。

她說得沒錯。萬一這件事公諸於世，一般人很可能要求每一個伐刀者都往〈覺醒〉邁進。

「原來如此，這確實非常危險。」

換句話說，所有伐刀者很可能**被整個社會強迫挑戰自己的極限**。

方才黑乃以〈落第騎士〉為例。認識他的人心想：

不是人人都能跟他一樣卯足全力生存。

時時刻刻追尋自己的極限，無時無刻抵抗逆境，即便看見自身可能性的盡頭，仍然執意突破，向前邁進。怎麼可能要求每個人都擁有這種執著？

萬一整個大環境強迫伐刀者走上荊棘之路，會有什麼結果？

想必有許許多多伐刀者的身體受傷、心靈受挫，甚至同時重創兩者。

「由日本分部長親自授權，只向參加本次作戰之B級以上騎士，公開〈覺醒〉與〈超度覺醒〉相關資訊。事關重大，務必保密。」

在場所有成員嚴肅地點頭答應。

他們都深刻明白，這件事確實需要三緘其口。

黑乃見到眾人答應——

「雖然順序顛倒了一下，接著說明〈大炎〉的相關情報。」

她拉回正題，開始解釋具體的作戰方案。

「〈大炎〉是已經到達〈超度覺醒〉的伐刀者。

伐刀者處於〈超度覺醒〉狀態下，肉體會從物質轉變為魔力凝聚體。

換句話說，他的肉體強度等同各位手上的靈裝。

靈裝難以破壞，這件事眾所皆知。

再加上〈大炎〉能將自己的身體轉變為靈體，化作雲霧閃避攻擊。

這邊這位〈白衣騎士〉或〈深海魔女(Lorelei)〉的伐刀絕技也能將身體化作霧。但是她們的伐刀絕技是將自己的構成分子混入霧裡，〈大炎〉則是徹底化為靈體，熱能一類的化學變化可能難以造成傷害。」

物理、魔法都對天童不管用。

黑乃以此為前提，繼續解說：

「我認為現階段只有兩種攻擊有可能傷到〈大炎〉。一是我的〈粉碎時空(World Crisis)〉，直接鎖定〈大炎〉的存在座標，連同時空一起搗毀；二是〈浪速之星〉的〈虎噬〉，直接攻擊魔力本身。所以本次作戰需要各位進行佯攻，轉移〈大炎〉的注意力，擾亂敵人誘出破綻，再由我和諸星給予最後一擊。」

「我們的能力對敵人起不了作用，擾亂或許沒有太大的效果？」

「貴德原，這就不一定了。〈大炎〉曾經對付過諸星，應該會提防同類型的能力。攻擊起不了作用，至少能干擾他。更何況，〈大炎〉是盲人，只仰仗自己的聽力作戰。以人海戰術包圍，總是能降低他的聽力精準度。」

「原來如此，佯攻的確有意義呢。」

黑乃說服彼方後，望向那名將和自己共赴最前線的青年。

「……諸星，你願意接下這次作戰嗎？」

諸星聞言，縮了縮肩膀，似乎覺得負擔有點大。

「說實話，那老爺爺根本怪物啊。我的〈虎噬〉對他有效，但不代表占上風。那個老爺爺的魔力用不完似的，把大範圍攻擊當成機關槍，瘋狂連發。而且每一發的火力都能足夠幹掉一個人，難搞得要死。我光是防禦就忙不過來，完全出不了手。」

諸星不逞強，直率地說。

他很確定。

現在的自己根本拿天童沒轍。就敵人目前展示的手牌，和自己手中的牌面一比，不管要什麼計謀都是死路一條。

所以自己當時才果斷撤退。

不過——

「不過，如果各位能接手防禦陣勢，或許還有點法子。反正，船到橋頭自然直。」

諸星知道自己能力不足，仍然接下這份重責。

「幫大忙了。執行作戰和避難時一樣，我會在所有成員身上施加〈倍速時間（Clock up）〉。應該會比你單獨對上天童時輕鬆一些。」

「那就靠您啦！」

黑乃接著看向一旁的學生騎士。那名學生騎士身上的白衣沾著洗不掉的血漬與黑泥——她正是〈白衣騎士〉藥師霧子，遠從廣島趕來支援。黑乃對霧子說道：

「藥師，我希望妳留在醫院，繼續醫治傷患。」

「的確，與其參加作戰，我留在這裡比較有用呢。我知道了，交給我吧。」

〈深海魔女〉黑鐵珠雫在法米利昂動亂時，升級為A級。而霧子身為水術士的實力足以和珠雫相提並論。她若是站上最前線，想必也大有作為。但她做為醫師的能力遠勝於戰鬥，有許多狀況非她不可。

霧子想必也有自覺。

她二話不說就答應了。

黑乃點點頭，表示感謝。

「就交給妳了。」——討伐作戰將於明天六點展開。天色一亮，立即出發。雖然現狀刻不容緩，但各位連日協助疏散避難，也累積不少疲勞。麻煩各位今天將手上的工作轉交給其他成員，多加休養備戰。以上。」

她以這段話結束整場會議。

◆◇◆◇◆

「東堂，這次妳還真倒楣啊。」

黑乃宣告解散後，走向刀華。刀華不久前才剛與天童交手，昏迷了一陣子。她身為理事長，十分擔心自己學園的學生。

刀華則是對黑乃低頭道歉。

「很抱歉，都是我們收留了那名老人，才演變成這種慘狀。」

「不對。倒不如說，幸虧妳們馬上委託警方確認那男人的身分，聯盟才能順利找到他。更何況，你們只是出手幫助有困擾的人，不該受到責備，也不需要道歉。純粹是這次運氣真的太差。妳不用介意。」

「……好的。」

「然後，天童究竟是什麼樣的人？」

刀華聽黑乃一問，神情一黯，答道：

「天童先生……他說自己的所作所為是『上天的考驗』。通過『考驗』，就能獲得『上天的恩寵』，讓伐刀者轉化成近似於神明的存在。天童先生要我打倒他，掌握『恩寵』。當時我完全聽不懂他在說什麼，直到剛才聽完理事長的解釋，才明白他話裡的涵義。我認為天童先生口中的『上天的恩寵』，指的就是〈覺醒〉或是〈超度覺醒〉。」

「也就是說，天童用自己威脅我們，試圖逼迫伐刀者〈覺醒〉？」

「很可能是這麼回事。」

「原來，那麼戰後〈天導眾〉在帝國旅館引發的慘劇，也是基於同樣理由……」

日本分部長黑鐵嚴曾經告訴黑乃，戰後最嚴重恐怖事件的祕辛。

天童當年組織了一群好戰宗教分子，稱為〈天導眾〉。他們占據旅館，將前來日本交流的歐洲學生騎士關進旅館，強迫他們互相殘殺。

黑乃至今無法理解天童的動機，但聽完刀華的推測，忽然察覺了癥結點。

然而這個動機實在是——

「這傢伙根本神經病。」

黑乃皺緊眉頭，不耐煩地罵道。

伐刀者遭遇生存危機，被迫體會自身可能性的極限，或是感受到類似的絕望，就會促使自我的執著急速膨脹——的確有案例因此踏入〈覺醒〉境界。

然而沒有基於自我意志，或是不經歷應有的鍛鍊過程，決心不足的狀況下膨脹自我，只會嚴重損傷一個人的心智。

〈黑騎士〉就是一個好例子。她在年幼時期就經歷〈覺醒〉。

但她直到死亡為止，扭曲的意念始終左右她的人生。

更別說——〈傀儡王〉也一樣。

他懷抱龐大的心傷，卻只有力量莫名增強。

這狀況非常、非常地危險。

也很容易誤入歧途，走上〈超度覺醒〉。

天童竟然強迫那麼多人走向這條荊棘之道——

「這根本稱不上強大。我們一定要阻止他。」

「……這次作戰稱為『討伐』，意思就是不打算逮捕天童先生了？」

黑乃點頭。

「沒錯。上次是由日本史上最強水術士，自身也踏入〈覺醒〉境界的〈魔人〉黑鐵龍馬出手相助，才勉強抓到天童，卻也殺不了他。現在日本的〈魔人〉都不在國內。南鄉大師出國搜索月影總理，寧音又去了法米利昂。以逮捕為前提行動，恐怕會引發更多傷亡。」

因此日本分部下達的命令為討伐——也就是「不問生死」。

黑乃認為這道命令很正確。

她曾經距離〈覺醒〉，只差臨門一腳。

一個人能夠跨步前往大門另一側，早已經超越常人認知。

她很清楚其中的意義。

「東堂也去休息。明天還要早起。」

「不，我和各位不一樣，已經睡很久了……我想稍微活動身體，以便、應付、明天和、天童先生的、戰鬥——……」

「是嗎？小心別太過頭。」

黑乃說完，邁開步伐，走過刀華身旁，同時輕拍她的肩膀。

這一拍，只是小小的激勵。

然而——

「咿、啊————」

就在這一剎那——

刀華忽然痙攣似的，發出些許悲鳴——

「東堂？」

「呀啊啊啊啊啊啊啊啊！！！」

接著放聲慘叫，癱軟在地。

「喂！東堂！怎麼回事!?」

「刀華!?」

好友彼方見狀，頓時面無血色，奔向她身邊。

彼方一看，刀華雙唇發白，渾身顫抖。

她伸手輕觸刀華的身體，想確定狀況。汗水早已沾溼刀華的衣服。

刀華的呼吸莫名急促又短暫。

一看就知道狀況不單純。

但她為什麼突然間惡化？

醫師明明診斷她的身體並無異常。

所以黑乃才沒有阻止她參加作戰會議。

（難不成——）

下一秒，黑乃腦中閃過一個可能性，會引發這種症狀。

但不需要現在探究原因，得優先處理刀華的狀況。

黑乃大喊：

「藥師！快過來幫東堂檢查！」

「好的！」

◆◇◆◇◆

『咦？』

刀華一陣混亂。

自己剛才還在應變中心的會議室，和黑乃交談。

對話內容是關於他們的敵人，播磨天童。

但就在她思索即將交戰的對手——

腦中浮現天童的面孔。

空蕩蕩的眼窩中閃爍光芒，吸走刀華的意識——

『這、這裡是、哪裡？』

回過神來，自己已經來到這地方。

山丘光禿禿的，草木不生。

陰雲密布，隨時都可能灑下淚滴的天空。

山丘頂端立起了十字架。無數火把的火光圍繞著刀華，她全身一絲不掛，毫無防備，被綁在十字架上。

『唔!?我、我怎麼會裸體、這是——』

她馬上嘗試逃脫，扭動身軀，身體卻一動也不動。

刀華身為伐刀者，要扯開一條鎖鏈輕而易舉。然而，鎖鏈難以置信地堅固，牢牢鎖住她的身體，不管她多大力，這些束縛都沒有鬆上些許。

這顯然不是普通的鎖鏈。

不，現在發生的狀況本來就稱不上普通。

自己究竟發生什麼——

正當刀華思考自己的狀況。

她聽見腳步聲。

刀華的注意力從鎖鏈轉向周圍，赫然發現無數人影包圍著自己。而那些人影——

『天童先生……!?』

全都和天童長得一模一樣。

刀華見狀，越來越慌張。

為什麼天童在這裡？

為什麼天童變多了？

不，追根究柢，這裡到底是哪裡？

自己什麼時候被綁走的？

太多疑問，思緒跟不上。

但是——這些疑問馬上煙消雲散。

周遭的天童人人拿著一模一樣的生鏽青銅劍——〈天叢雲劍〉，緩緩靠過來。

所有劍尖指向刀華。而刀華仍然手無寸鐵，無力自保。

『咦?不、騙人……』

敵意逐漸逼近，刀華試圖脫身，卻無計可施。

鎖鏈依然無比堅硬，緊緊綁住她的身體。

於是，敵意的劍尖來到刀華的皮膚前方，鏽劍壓上側腹、大腿、胸部、腹部——

貫穿了刀華的身體。

「啊啊啊啊啊啊啊啊啊啊啊啊啊啊啊啊啊啊！！！！」

「刀華!!」

難以形容的劇痛，刀華全身猛地一跳。

下一秒，她發現自己重獲自由。

眼前的景色也從寂寥的山丘，回到病房。這間是自己參加應變會議之前的病房。

「刀華！妳還好嘛!?」

「唔!?彼、彼方!?」

彼方和黑乃站在一旁，擔憂地查看病床上的刀華。

「奇、奇怪……我……」

「妳在會議室突然昏倒。醫院檢查顯示刀華的身體沒有異常……妳有沒有哪裡覺得不舒服？」

「突然、昏倒……？」

自己昏倒了？還倒在會議室？

那剛才看到的景象，都是一場夢？

可是，自己為什麼會昏倒？

她記得──

「……我在思考怎麼和天童先生戰鬥，然後就……唔、嗚──」

刀華正要回想，便感覺腹部一陣刺痛，痛得呻吟出聲。

夢裡《天叢雲劍》刺穿身體的痛，仍然留在體內。

那真的是夢境？

這股痛楚太鮮明，實在不像夢。刀華皺起了臉──

「夠了。」

黑乃見到刀華的表情，阻止她繼續回想。

「理事長……」

「妳看到的，是自己的死亡。再繼續思考下去，沒什麼好事。」

「我的、死亡……」

「沒錯。」黑乃點頭。

「《覺醒》後的《魔人》將會置身於流轉世界的因果外側。這時《魔人》的靈魂帶有引力──能夠強烈影響因果，也就是命運。東堂，妳就是感覺到那股引力。只要妳再對上天童，無處可逃的引力將會捉住妳，『死亡』的命運必定隨之而來。」

「──！」

刀華聽完黑乃的解釋，馬上明白。

那條鎖鏈，無論自己費盡力氣，極力掙扎都不曾鬆動。

那鎖鏈，就是自己的命運。

天童化身為威脅，強迫自己試探可能性的極限。

換句話說，那令人毛骨悚然的行刑夢境，是源自於自己對天童的恐懼。

現在只是場夢，但自己只要再次對付天童，一定會演變「那種狀況」。自己的判斷化作心靈景象，警告自己。

在那前方的戰場，存在無法逃避、無力抵抗的「死亡」。

只因為刀華打算再次與天童一戰，內心的自己正在告誡她。

而警告效果絕佳。

從未體驗過的死之痛，忽然近在咫尺。

刀華感受著仍舊鮮明的幻痛，全身開始發抖。

她抱緊肩頭，想要壓抑這股強烈的顫抖，卻無法化解。

黑乃望著直打顫的刀華，說道：

「……東堂，妳不能參加這次作戰。」

「這、這怎麼行！這只是夢！我只是變得稍微神經質了一點，明天之前一定會振作！」

黑乃卻不肯答應。

「不行。恐懼一旦烙印在心靈上，就很難消除。妳越是勉強去克服恐懼，越容易造成無法挽回的悲劇。自己的死亡如同地獄，尋常心志沒辦法直視這份黑暗。」

「…………唔……」

尋常心志沒辦法直視這份黑暗。

刀華心有戚戚焉，難以否定黑乃這番話。

她並不是第一次被刀砍、被劍刺。

刀華是學生，卻頻繁參加特別徵召，對她來說，受傷是家常便飯。

然而在那片心靈景象裡，〈天叢雲劍〉貫穿身體帶來的痛楚與恐懼，以往的疼痛根本無法相比擬。她從未感受如此難耐的劇痛，也從來沒有像現在一樣害怕。

或許是因為她的靈魂明白，自己根本無法抵抗與天童交戰後的結果。

刀華不再繼續辯駁。

黑乃把她的沉默當作答覆——

「貴德原，我記得東堂是在貴德原的照護設施長大。能不能找一個熟悉東堂的人來照料她？現在最好不要放她——」

正當黑乃打算下達指示——

「「「——————！？！？」」」

尖銳的警報聲忽然響徹醫院——不，窗外，也就是整座城鎮。

這並不是普通的疏散警報或是災害警報。

三人都以騎士身分接觸國防，她們聽得懂這是什麼意思。

這類型的警報聲，代表國家級緊急事態警報。

通知日本境內全體騎士，**立即進入備戰狀態**。

黑乃的手機同一時間響起。

來電者是——聯盟日本分部長・黑鐵嚴。

黑乃立刻接起電話。

「我是新宮寺！」

『新宮寺，現在立刻中止所有九州當地實施的作戰計畫。』

「發生什麼事了!?」

『——太平洋方面，美軍的太平洋艦隊出現在日本專屬經濟海域（EEZ）外兩百海里的公海上，**艦隊帶有明顯敵意**。』

第五章　命運鎖鏈

太平洋。

位於日本東側的大型海域。

一群黑影穿越海洋，從海平線的另一端直線駛來。

那是船。

而且不是普通船隻。

那是一批超過百艘的軍艦。船艦搭載炮臺、飛彈，巨大甲板上停放戰鬥機。

隨風飄動的旗幟，上頭畫著美國太平洋艦隊的徽章。

〈大國同盟（Union）〉首腦，美利堅合眾國的東部戰力大舉逼近日本近海。

『警告航行中的美國海軍！警告航行中的美國海軍！你們的航線已經影響日本國內安全！請立刻調頭離開！重複一次，請立刻調頭離開！』

自衛隊機趕到現場，發出警告。

然而──

「喂，來真的啊？他們完全不停船。」

軍艦完全不減速。

再過不久，艦隊就會駛進日本專屬經濟海域。

率領這麼多戰力接近他國，目的只有一個。

自衛隊員的想像如此可怕──卻又逐漸成真，握著操縱桿的手緊張地出汗。

於是，最前方的大型航母船首終於入侵日本專屬經濟海域。就在此時──

太平洋艦隊直到剛才都不理會警告，這時忽然發出通訊。

『呃──測試測試！Hello, Japanese soldiers！我是美利堅合眾國太平洋艦隊總司令，道格拉斯．阿普頓！聽得見我說話嗎？請說！』

一名身穿軍服，體格壯碩的中年白人站在「純白航母」的船首，對日本發出通訊。

他是太平洋艦隊總司令，也是一名伐刀者，人稱〈白鯨〉阿普頓。

自衛隊見另一方終於有反應，再次警告：

『阿普頓將軍，我方為航空自衛隊第501號飛行隊。一如剛才的警告，你們的航線已經威脅日本國防。請立即調頭。』

自衛隊員盡力讓自己的語氣平淡，但還是流露一絲焦慮。

阿普頓面對警告，挺胸大口吸氣：

『嗯，我軍拒絕!!』

他的聲音隔著無線電，仍然大得震耳欲聾。明確回以拒絕。

『請立即調頭！不然我方將進行攻擊！』

『我說第二次！我軍拒絕！你問為什麼？因為我軍是為了守護世界和平而出兵！不久前，合眾國最自豪的超能力者部隊〈PSYON〉在〈解放軍（Rebellion）〉基地逮捕貴國領袖，獏牙・月影！』

『!?』

美國抓到失蹤的總理。

阿普頓的宣言有如波紋，漸漸動搖眾自衛隊員。

『我國偵訊結果，得知是〈國際魔法騎士聯盟〉在背後操控世界之惡〈解放軍〉。這事實多麼令人憤慨！世界之正義——合眾國最高議會及〈大國同盟〉決議，將針對背信之輩採取強硬手段。奉勸貴國立刻承認所有罪行，解除武裝，主動接受合眾國控管。否則——』

『唔！糟了！快迴轉!!已經進入〈白鯨〉的射程範圍了！』

負責發出警告的隊長急忙下令。

但這命令慢了一步。

下一秒，海上出現一隻**手**。

海水組成巨大的手。

一架飛機迴避稍慢，大手直接伸向自衛隊機，一把握住。
接著，直接消失在汪洋中。
機上隊員的性命一同消逝。
——這分明是攻擊。
無法辯駁，非常明確的敵對行為。
阿普頓以攻擊展現自己，以及母國的態度。他逐漸逼近。
『這是貫徹正義的肅清行動！
貴國若不立即投降，我軍抵達作戰開始海域後，轟炸機將會隨時待命！
我軍將以世界正義的身分，針對日本首都進行無差別殲滅轟炸！
各位恐怖分子——選擇吧！看你們是要自己的命，還是要國家！』

◆◇◆◇◆

「太平洋艦隊！入侵日本專屬經濟海域！仍持續航行中！」
「航母甲板有動作！戰鬥機進入升空程序！」
「第501號飛行隊通訊中斷！分部長！」
〈國際魔法騎士聯盟〉日本分部。
作戰司令室位於分部中樞，具備巨大螢幕，以及各種情報儲存、分析設備。

只有國家緊急狀態時才會動用這間司令室。報告如飛箭，接二連三飛來。分部長・黑鐵嚴坐在司令室的司令官席，一邊過目報告，一邊瞇起單眼，望向螢幕裡太平洋艦隊的威容。

「——」

他們宣稱抓到月影總理。

月影在不久之前的確失去蹤影。

〈鬥神〉南鄉寅次郎在數天前，才剛出發搜索月影的行蹤。

月影的確有可能落入美國手中。

而月影——

美方宣稱月影的自白當中，提到日本勾結〈解放軍〉。

這不完全是捏造。

〈聯盟〉從未實質支持過〈解放軍〉。但是——〈聯盟〉的確知道〈解放軍〉的真面目，並且一直默許他們活動。

〈解放軍〉在第二次世界大戰以前，只是一支高舉「建立伐刀者專屬王國」大旗的偏激團體。現在的〈解放軍〉卻並非如此。一群從經濟面支配世界的企業家，將〈解放軍〉打造成「必要之惡」，避免世界再次發生大戰，不讓悲慘的錯誤重蹈覆轍。

〈解放軍〉這支第三勢力能夠牽制〈同盟〉。〈聯盟〉知道〈解放軍〉的底細，也認同其「必要性」，從未認真剿滅相關勢力。

就行為來看，〈聯盟〉或許稱得上共犯。

但是，〈大國同盟〉同樣也算共犯。

〈解放軍〉最高幹部〈十二使徒（Numbers）〉之一，擁有〈大教授（Grand Professor）〉之名的愛蘭茲・伯格——他正是聯邦準備制度理事會主席（FRB），負責統帥美利堅合眾國的所有銀行。〈聯盟〉和〈同盟〉都是基於互利互惠，才容許〈解放軍〉這支第三勢力存在至今。

但〈同盟〉卻光把瞞騙之名套在〈聯盟〉身上，還把整件事攤在陽光下。

這舉動只有一個意義。

〈同盟〉打算搶先推動一切。

兩支勢力因為種種企圖，讓時代停滯了近一世紀。〈同盟〉試圖搶先推動這股潮流，改變世界形勢。

既然如此——

「……月影總理仍然生死未卜，倘若他們當真逮捕總理，應該會主動讓他露臉。更何況，〈聯盟〉在背後操縱〈解放軍〉，簡直強詞奪理。他們想用力量講述正義，就讓他們嘗嘗應有的代價。」

嚴從司令官席起身，環視眾職員。

接著下令道：

「由於總理不在國內，我依聯盟規定之代理權限，發布國家緊急事態宣言。全軍應戰。殲滅EEZ海上所有太平洋艦隊。」

「「是！」」

「即刻起，根據緊急性國防手冊，將司令部名稱變更為〈綜合作戰中心〉。召集所有自衛隊幕僚。」

「「明白!!」」

職員接到嚴的命令，急忙開始行動。

「發布國家緊急狀態警報！與自衛隊的作戰通訊系統全數上線！」

「首都圈所有防空系統已啟動！」

「打開避難所入口，準備收容非戰鬥人員。越快越好！」

「緊急召集東日本所有騎士。首都圈的魔法騎士立刻備戰！另外也要動員學生騎士，讓他們協助疏散非戰鬥人員避難。」

「了解！」

急促，卻行雲流水。

即便他們的世代從未遭遇戰爭，仍不影響行動精準度。

這或許是拜嚴平日的指導所賜。

他凝視部下可靠的背影，再次坐回司令官席。

一旁站著一名四十多歲的男子，是嚴的祕書。他進言道：

「分部長，敵軍中有太平洋艦隊總司令〈白鯨〉阿普頓。他的級別在聯盟標準等同於A級。〈夜叉姬〉、〈鬥神〉以及〈世界時鐘〉全都不在東京，現在很難挪出同等戰力應付這級別的伐刀者……」

嚴靜靜點了點頭。

他沒有露出任何表情，眼瞳卻隱約泛著苦澀。

「我知道，由我親自通知她。」

◆◇◆◇◆

「同盟行動了……」

「────！」

黑乃從嚴口中得知危機將近。刀華和彼方在同一間病房內，聽見兩人對話，神情也緊張無比。

這也難怪。

她們這個世代是第一次接收到開戰通知。

「……月影老師當真勾結了〈解放軍〉？」

一切的開端源於月影被捕。

黑乃或刀華等人心裡有數。

七星劍武祭開賽前，月影率領一群人，自稱國立曉學園。

月影接受〈解放軍〉協助，準備這批勢力，意圖讓日本脫離〈聯盟〉。

無論直接或間接，月影顯然和〈解放軍〉有關聯。

然而，嚴聽完黑乃追問——

『這問題不該在這個場合回答妳。』

並沒有回答她。

『——但我只能告訴妳，現在的世界自大戰之後，一直都是建立在一場龐大的謊言之上。

不只是日本、聯盟，美國、同盟也在謊言上加了一筆。人類就在製造出來的謊言上，構築了近一世紀的和平。但是美國現在將謊言占為己有，打算以對自己有利的形式推動世界。我們不清楚他們懷抱何種企圖，但我們身為騎士，有責任守護無力的人民，我們必須強硬應對。』

這就是騎士現在的分內之事。

嚴將話題從月影身上拉回現在的緊急狀況，繼續下令：

『就如我剛才所說，中斷九州的〈大炎〉討伐作戰。新宮寺，妳盡速返回東京，迎擊大平洋艦隊。越快越好。』

「……！」

上層再次宣告，中止討伐〈大炎〉。

但這樣一來——

「那要九州的居民如何是好？」

『我會派遣所有能動用的船隻，不分官營民營，運送難民前往本州或四國避難。現在留守九州的騎士已經緊急開始行動。也已經調動自衛隊和警察協助。』

換句話說，居民必須放棄九州。

放棄這片土地，以及這裡的生活。

代價太龐大。黑乃猶豫不決。

「這麼做如何？現在就展開〈大炎〉討伐作戰，以最快速度解決後我再回到東京。絕對不會花費太多時間。」

『不行。』

嚴毫不動搖。

他聽黑乃仍然遲疑不定，便語氣尖銳地告誡她：

『〈世界時鐘〉——妳的力量或許可以解決一切。但是現在這個狀況沒有餘力期待妳的**或許**。我們的行動事關日本國民生命安全。我們不該耗費力氣追逐希望，現在必須將適當的力氣分配在適當的位置，與現實作戰。』

「——」

「我不認為妳會輸給〈大炎〉，但是——**我不認為妳能毫髮無傷戰勝他**。美國若是認真想改變世界形勢，一定會毫不猶豫使用熱核兵器。妳必須維持萬全狀態來防守首都。所以我以政府身分，決定暫時放棄九州。日本現有戰力不可能同時對付〈大炎〉與美軍。我已經向聯盟總部求援。〈大炎〉就交由聯盟總部支援處理。」

「────」

不能期望「或許」降臨。

有狀況的時候更不能勉強。

能力範圍內盡人事，但是要發揮最佳效率。

充分活用每一個人的能力，去和現實搏鬥。

嚴總是貫徹嚴格的等級制度，來營運組織。這些處事方針不但合乎他的個性，在這緊急狀況顯得更有說服力。

敵人能夠造成如此龐大的災害，黑乃的確不能保證自己能不受傷就戰勝對手。

更別說，自己還要為了趕時間勉強行事。

但假如自己在對付〈大炎〉的時候受傷，影響首都防衛；

就算自己沒受傷，萬一花了太多時間，導致來不及前往東京回防；

難以想像會發生什麼慘狀。

再說──警報仍不間斷地大響。

黑乃聽到警報聲的當下，腦內閃過某個景象。

七星劍武祭結束後，在深夜的比賽會場上，月影用〈月天寶珠〉播放出東京陷入火海的景象。月影不惜讓日本脫離〈聯盟〉，也想迴避未來。那景象，正是未來因果的片段。

這片段徹底斬斷黑乃的迷惘。

「我明白了。我現在就出發前往東京。」

「欸!?」

她接受九州作戰中止命令，掛斷電話。

刀華見狀，從病床上跳了起來，撲上前，反對黑乃的決定。

「請、請等一下！現在才讓所有九州居民搭船避難，太勉強了！完全疏散至少要花上好幾週啊……！」

「我們魔法騎士目前最優先的任務是防守首都。事到如今，沒辦法了。」

「怎麼能說沒辦法！您是說這邊的居民犧牲也無所謂嗎!?」

「我沒這麼說。只有我一個人離開。其他騎士會交由海江田先生調度。只要動用所有船隻、人員以及能力，不需要花上數週就能疏散完畢。」

「可是！萬一天童先生明天就行動——……！」

「妳應該很清楚，這是無可奈何！」

刀華仍舊抗議聯盟的決定。黑乃一把揪住刀華的衣領，怒吼道：

「我們的能力有限。一旦分配失當，原本救得了的性命也會逝去。首都防衛是國防最優先事項。萬一首都功能受損，整個國家等於被砍斷大腦，會阻擾後續所有行動，九州避難也不例外。〈雷切〉東堂刀華，妳這麼優秀的騎士，怎麼可能不懂輕重緩急！」

黑乃大聲斥責，把刀華推回病床上。

彼方趕緊奔向刀華。黑乃對彼方說：

「貴德原，以妳的權限盡可能召集民用船到南九州。漁船、油輪、遊艇，不管種類，船越多越好。」

「我明白了。我會去拜託家父。」

彼方老實地點頭。

彼方面對眼下狀況，還是比刀華冷靜多了。

「麻煩妳了。」

「也、也讓我做點事！請讓我幫忙吧！」

刀華提議道，但是臉色仍然蒼白。

顯然還帶著些許慌亂。

但是她不再堅持做不到的努力，而是正視現實，投身戰鬥。

說實話，黑乃不希望刀華現在勉強自己。

天童的引力害刀華非常不穩定。

身體的確安然無事，內心卻已經瀕臨爆發。

刀華再繼續強迫自己，恐怕心靈會先崩潰。

但是現在狀況緊急，就算要她乖乖休息，她大概也躺得不安穩。

「我知道了。妳就聽從海江田先生的指揮，協助居民避難疏散。但妳至少今天要好好休息，等到明天再行動——假設美國當真想侵略，恐怕整件事沒完沒了。必須做好最壞的打算。我們到時候一定會需要〈雷切〉的力量。所以妳要趁現在養精蓄銳。這是命令。」

「……我明白了。」

刀華欲言又止，還是老實退讓了。

刀華或許想馬上行動。

也難怪她著急。

畢竟這裡是她的故鄉。

所以──

「別一臉擔憂。我只要在天童行動之前趕回來，一切都能平安落幕──我答應妳，不會花到三天，我只要兩天就會擊沉太平洋艦隊，趕回九州。」

黑乃鼓勵完刀華，奔出病房。

她急著趕往東京，哪怕只能減少一點返回九州的時間。

彼方正好和父親通完電話。

「我也去幫忙其他人。刀華要好好休息。」

她本想追在黑乃身後走出病房。

而刀華──

「彼方……」

她泫然欲泣地叫住彼方。

「我一聽見黑乃要我別去和天童先生戰鬥……我居然鬆了口氣。安心地想，自己不用再面對那麼恐怖的敵人。」

「刀華……」

「儘管九州不知道會變得多慘，我還是鬆了口氣。我說不出『理事長不戰鬥，那就我來。』我說不出口。我真的……好沒用……」

刀華抱住膝蓋，縮在病床上，眼眶泛淚，嗚咽地說。

彼方見到這樣的刀華，忍不住心痛。

「刀華現在只是被龐大的力量影響，情緒波動比較大。拜託妳，別對自己太嚴苛。」

她說完，走出病房。

彼方關上房門，心想。

刀華現在的狀況非常危險。

代替黑乃上前線。

刀華自己很清楚這麼做多麼不實際，根本沒有意義。

但她卻責備自己，竟然連這句話都說不出口。

理智和情緒不同調。

這讓刀華十分痛苦。

讓她一個人待著太久，可能會把自己逼上絕路。

黑乃說得沒錯，必須找人照顧刀華。

必須找人支撐她。

應該找誰來？

彼方心中，只有一個人選。

◆◇◆◇◆

「慘了啦。據說東京那邊也在打空中戰，戰鬥機打來打去的。」

「為什麼美國偏偏要挑這種時候來……」

「說什麼〈聯盟〉和〈解放軍〉是一夥的，簡直鬼扯！」

「日本跟美國，不對，〈聯盟〉要和〈同盟〉打仗嗎？」

「萬一東京那邊抽走人手，我們該怎麼辦？那個會引發災害的罪犯還活著呀!?」

「就是沒辦法……才會叫我們搭船逃離九州。」

「哇啊啊啊啊！媽媽——！媽媽妳去哪裡了——!?」

美軍突然進攻的消息，透過廣播以及一部分還連得上的網路線路，瞬間傳遍所有九州難民。

日本決定全面抗戰。

© Won

不久後，九州全區發布避難指令。

種種消息透過口耳相傳，難民開始深信。

他們被拋棄了。

國家為了保護東京，打算捨棄九州，捨棄他們。

即便是為了國防的無奈之舉，這就是事實。

做為避難收容所的大學操場上。

處處傳來憤恨、呻吟、絕望、哭喊聲，甚至不時發生難民彼此爭吵，或是演變成打架事件。

彼方來到操場尋找某人，見到這幅混亂景象，彷彿被人綁住了大腦似的，一陣暈眩。

（現在仔細一看，人數實在太多了……）

彼方用自己的能力在群眾上方做出玻璃橋梁，並且望了橋下一眼，苦惱地低吟。

當真有辦法……平安疏散這麼大量的難民？

不只他們所在的宮崎有難民。

現在九州全區都必須疏散。換句話說，必須讓所有居住在九州的國民前往最近的港口，塞進船隻之後，載著他們逃出生天。

而且要在天童下次展開行動之前。

——不可能。

彼方非常不願意這麼悲觀，但她無法否認。

不論再怎麼寬鬆預估，疏散所有九州人民，至少要花上兩個星期。

而且還得期待天童在這段期間都不會動手。太過奢求了。

但是，儘管自己認為不可能，一定要行動。

現在他們能做的，就是盡其所能保護人民，等待黑乃回歸，或是等待〈聯盟〉援軍抵達。

這個當下，只能盡力。

不只有彼方這麼想。

負責指揮疏散的自衛隊、警察、魔法騎士——人人都這麼想。

彼方的目光偶然停留在其中一人身上。

那是一名資深騎士，從黑乃手上接手指揮。

他是〈審判天雷〉海江田勇藏。

「各位前來避難的民眾！請不要推擠，聽從聯盟職員、警察或是自衛官的指示，慢慢開始移動！插隊會造成危險，請千萬不要插隊！我們魔法騎士在此向各位民眾保證，一定會保護各位，平安疏散所有民眾！所以請各位民眾不要驚慌，冷靜移動！」

海江田的嗓音很符合他魁梧壯碩的體魄，十分響亮。怒吼聲也是如雷貫耳。

彼方參加特別徵召時，曾經在戰場上聽過幾次。

然而，他雷鳴般的嗓音卻擋不住人類組成的濁流，顯得細如蚊鳴。

正當彼方望向海江田的時候——

「等一下！憑什麼要我們離開九州去避難!?」

一名妙齡女子發出歇斯底里的質問聲，在這股喧囂中仍然非常刺耳。她一把揪住海江田的西裝衣領。

彼方認得這名女子。

她是伊藤，之前來騷擾過〈若葉之家〉。

「喂，妳別這樣。」

「老公你閉嘴！」

這名身材瘦弱的男人應該是伊藤的丈夫。伊藤瞪了丈夫一眼，讓他噤口，繼續逼問海江田。

「為什麼我們不只要逃離福岡，還得離開九州！找你們這些魔法騎士來，不就是為了打倒那個會招來災害的罪犯嗎!?快點打倒他呀！」

「請恕我無法詳細說明作戰內容。太太，麻煩妳冷靜點。」

「這要我們怎麼冷靜!!真要說，還不是你們這些魔法騎士太不中用了！我付那麼多稅金給政府，不是讓你們在這裡摸魚！快去戰鬥啊！」

「等到狀況許可，我們當然會去戰鬥。所以請您盡快前去避難——」

「我叫你們現在馬上去啊——!!」

伊藤一邊捶打海江田的胸膛，一邊抗議。抗議聲已經和尖叫沒兩樣。

但她再怎麼捶，仍然動不了海江田強壯的身體分毫。

伊藤拿海江田沒辦法，也累了，不支癱坐在地，開始猛搔頭。

「啊啊，夠了，煩死了！剛買的房子！公司！工廠！什麼都沒了，然後還要跟美國打仗！這叫我們之後怎麼活啊！為什麼!?為什麼我們非得受這種苦！我受夠了、我受夠了！煩死人了啊啊啊啊啊啊！！！！」

「夠了，妳冷靜點！」

「媽媽……」

「啊啊啊啊啊啊啊！！！」

頭髮甩得亂七八糟，哭天喊地。

她一頭亂髮，哭到流鼻水，之前的貴婦人氣息蕩然無存。

她看不見、也聽不見周遭的一切。

不顧兒子害怕想哭的模樣，也不理會陪伴身旁的丈夫。

——畢竟和她有過一面之緣。

彼方看海江田既困擾又無奈，沿著玻璃階梯走下去，打算幫忙——

「啊……！」

隨著一聲清脆聲響，彼方見到了那景象。

一名剛邁入老年年齡的婦人打了慌亂的伊藤一巴掌。
這名婦人不是其他人。
正是〈若葉之家〉的院長，西方壽子。
彼方剛才就是在找她。
「在孩子面前，怎麼能露出這副荒唐模樣。」
「妳說、什麼……」
「伊藤太太，您到處說我們的壞話，甚至胡亂灌輸孩子錯誤觀念，**那倒無所謂**。畢竟世上不存在真正完美的父母。孩子長大的途中，總有一天會明白是非對錯……但是，不管妳有什麼苦衷，都不能在淚眼汪汪的孩子面前，露出自己丟人的一面!!」
西方平時脾氣溫和，現在竟然氣得橫眉豎目，噴著口水，用力斥責伊藤。
彼方和西方認識這麼久，從未見過西方如此憤怒。
但伊藤生性倔強。
被人打了巴掌，不可能默不作聲。
她馬上站起身，揪住西方的胸口。
「少說得那麼囂張！妳倒好了！丈夫孩子都死得早，老到有空閒跟外人玩扮家家酒安慰自己！現在碰到災難也沒有什麼財產可失去，真輕鬆啊!!」
「——！」
下一秒，彼方感覺自己的大腦深處，接近中樞的部分一陣熱燙。

彼方基於自己的職權，知道員工的過往。

西方深愛的丈夫與孩子，都在伐刀者引發的案件裡身亡。

伊藤竟敢掀人傷口，還譏諷對方很輕鬆。

西方始終對〈若葉之家〉犧牲奉獻。彼方見證過她的貢獻，豈能容許伊藤胡說八道？

彼方開口，準備吼出自己無法壓抑的憤怒。

但是——

「…………！」

她的憤怒並未成聲。

因為最該憤怒的那個人——

「我的確沒什麼可失去。」

她一改剛才的怒容，沉穩地說道。

「……!?」

西方的反應完全出乎意料，伊藤吃了一驚。

這驚訝也讓伊藤錯亂的情緒暫時冷靜下來。

西方沒錯過這瞬間，直視著伊藤——

「但是我不想失去任何一個孩子。我失去了一切，但那些心愛的家人仍然賦予我笑容。只要是為了那群孩子，我隨時可以付出這條老命。伊藤太太……妳也和我一樣，不是嗎？」

「……！」

西方說道，朝伊藤腳邊看了一眼。

伊藤的兒子小誠站在一旁，仰望慌亂的母親，一臉擔憂。

「媽媽……不要哭嘛。」

「小誠……唔嗚、嗚嗚、嗚嗚嗚嗚嗚嗚嗚嗚嗚!!」

她的孩子儘管自己怕得想哭，仍然擔心母親。

伊藤見狀，掩蓋雙眼的焦躁頓時煙消雲散。

她使勁擁住孩子，低聲抽泣。

伊藤仍然在哭泣，但雙眸已經恢復理智。

已經不要緊了。

伊藤帶著小誠，走回隊伍等待避難。

另一方面，她的丈夫不斷向海江田鞠躬，為妻子失控致歉。

接著，他也向西方鞠了躬。

「……給您添麻煩了。您認識內人？」

「我在城裡的育幼院擔任院長，敝姓西方。很高興認識您。」

「育幼院，也就是說妳是〈若葉之家〉的……！」

伊藤的丈夫詫異地瞪大眼。

「很意外？」

「啊，不好意思。那個，聽內人說……那間育幼院環境很糟糕，沒想到裡面的員工竟然這麼溫和……」

伊藤可能在家裡也向丈夫亂傳謠言。

「哈哈哈。」西方聞言，笑了笑，像是聽見玩笑話。

「大家都很善良。請您有空一定要來參觀一下。」

她對伊藤的丈夫這麼說。

伊藤的丈夫不禁露出苦笑。

「……如果能再回去那座城市就好了。不對……就算回得去，也不知道自己的家還在不在……」

「沒問題的。」

「咦？」

「人只要活下去，什麼問題都有辦法解決。沒問題的。」

（…………）

甘拜下風。

彼方在遠處看完一連串的經過，這麼心想。

她包容了那些謊言、錯誤、現實——甚至是敵意。

西方一開始一定沒有這麼**寬宏大量**。

是至今六十餘年的人生，打造了她。

人總是反射性以憤怒回應謊言，以更多的敵意回應敵意。

自己和刀華還遠遠不及她。

她們比西方幼稚多了。

正因為她們還很稚嫩——現在的刀華需要她協助。

「西方院長。」

「哎呀，彼方，辛苦妳了，還忙著疏散。」

西方一見到彼方——

「事情好像越來越嚴重了呢……刀華和泡沫還好嗎？」

她憂心地問道。

她們最後一次見面，是在天童引發事件之前。

刀華和天童單獨出門，泡沫隨後又追了出去。西方一直很擔心他們。

「還好。」彼方點頭回應。

「他們都沒有大礙，只有泡沫受了傷，還在休息。只不過……」

「只不過？」

「刀華有點承受不住。現在不能放她一個人。但是我還有工作，有很多事必須由貴德原家的人出面處理。所以我沒辦法陪著她。西方院長，您能不能去照顧刀華？」

「這樣呀……刀華從以前就努力過頭了呢。」

西方一聽，悄聲說道。似乎不太驚訝。

彼方第一次見到刀華那麼畏縮。但西方或許見過彼方等人未曾見過——刀華從未在彼方他們面前展現的那一面。

「我知道了。她現在在哪裡？」

西方答應彼方，順著彼方走過的玻璃橋走回去，前往大學醫院。

彼方目送西方離開，忍不住鬆了口氣。

「總之可以先放心——」

就在這時。

「啊！終於找到了！貴德原——！」

一名青年大聲呼喊，奔向彼方。

他是武曲學園的男學生，頭上綁著印花頭巾。

〈浪速之星〉諸星雄大。他在這次狀況發生時，率先趕來。

「人多到爆。不過，都要移動九州北部所有居民了，人多也不意外啦。」

「諸星同學，你在找我？有什麼問題嗎？」

彼方一問，諸星點了點頭：「對對對。」

「雖然找東堂也一樣。你們是破軍的學生會成員吧？之前在東京聯盟分部巧遇的時候，不是看到一個破軍的女孩子，跟貪狼的藏人待在一起？頭髮很長，高個子——」

「你是說綾辻同學？」

「我不知道她叫什麼名字，應該是吧。妳知道怎麼聯絡那女孩嗎？」

「知道，學校的資料庫有聯絡方式。但是為什麼——」

為什麼諸星想知道綾辻絢瀨的聯絡方式？

而且是在這種緊急時刻。

諸星嚴肅地回答：

「貴德原應該隱約發現了，現在要疏散太勉強。」

「……！」

「妳看，這麼一大群人。萬一天童明天就搞個跟福岡一樣的魔法，事情就大條了。死者人數隨隨便便都能超越福岡那時候。而且新宮寺理事長現在不在這裡。」

「……是，我也這麼認為。」

彼方剛才也有同感。

但這和綾辻絢瀨有什麼關係？

「所以為了以防萬一，我想增加一下選項。」

「選項？請問是什麼意思？」

彼方滿臉疑問。諸星說：

「我差一步就能宰了那老頭。但是我知道有個傢伙，能幫我彌補這一步。我要把那傢伙叫到九州來。我是不知道那老頭想幹麼……但不能再讓他亂搞。就讓他見識一下，年輕人也不好惹的。」

他嘴角勾起笑意，毫不畏懼，又充滿挑戰欲。

◆◇◆◇◆

逃離九州。

居民面對現狀，嘈雜聲滿載著慌亂、憤恨，以及恐懼。

刀華所在的四樓病房也聽得一清二楚。

「…………」

人群彷彿漆黑潮水，流過街道。刀華從病床上望了人群一眼，心想。

這個方法很難拯救大多數人。

既然疏散弄得這麼混亂，還不如鎮守在原地，等待黑乃歸來。

刀華想到這裡，馬上又發現這個念頭有錯。

聽說自己昏迷的時候，天童甚至引發了大地震。

就算不論地震，還有他攻擊泡沫時使用的火焰伐刀絕技。

建築物內依舊危險。

面對天童操縱災難的力量，根本沒有地方稱得上安全。

既然如此，只能盡可能讓人群遠離威脅，逃一人是一人。

聯盟日本分部的方針很正確。

從這裡看不見，但靠海居民應該已經得救了。

現在當地的魔法騎士沒有人傷得了天童，只能順從聯盟的方針，盡可能讓更多人逃跑。

他們只能祈禱，黑乃能在天童第二次出手之前趕回來——

刀華思考到一半，指甲戳進顫抖的肩頭，蜷縮背部。

——在天童出手之前？

居然得期望敵人**可能晚行動**，太可笑了。

換句話說，他們只能放棄主導權。

把自己的生命。

把當地居民的生命。

全都寄託在危害他們的敵人身上。

這是多麼狼狽不堪。

「……我竟然這麼弱小……………」

「沒有這回事。」

「——！？！？」

下一秒，刀華感覺自己的心臟爆炸了似的。

全身毛孔頓開，噴出汗水。

怎麼會——大腦嘗試否定現狀，卻辦不到。

她認得剛才那聲音，那溫柔和善的嗓音。

「啊、啊啊啊……！」

聲音是從病房房門傳來。她望了過去。

她內心描繪的那名人物，就站在門口。

色如枯葉的破舊和服，枯木般細瘦的身體。

是他，〈大炎〉播磨天童。

「啊、哈——呼、呼……！」

刀華一見到他的身影，全身怕得發起抖來。

牙根甚至抖到合不起來。

內臟不斷痙攣，呼吸有一下沒一下。

這股顫慄，深入骨髓。

刀華面無血色，呼吸急促——

「見到我，卻沒辦法喚出靈裝。妳已經被我擊潰心靈了呢。妳很害怕我。」

天童明明瞎了，卻彷彿看得清刀華的模樣。

「我明白。被徹底決定好、無力抵抗毀滅到來。死命掙扎仍然難以擺脫絕望——這是多麼令人懼怕。比起和死亡比鄰而居的戰場，這股恐懼遠遠超過其數倍。」

他緩緩接近刀華——

「真可憐……」

溫柔地輕撫刀華的臉頰。

「噫、啊、唔～～～～～～～～！」

冰冷的體溫滑過臉頰，刀華的身軀猛地一震，無比害怕，張大的雙眸落下一滴又一滴的淚水。

她不時張開嘴，想大聲尖叫，喉頭卻又發麻，無法出聲，只能像風箱一樣，發出乾澀的聲響。

刀華的眼眸徹底屈服，不剩半點戰意。

天童見狀，露出哀傷的神情。

「妳的光芒曾經光彩奪目，現在卻這麼黯淡……妳已經看見那條鎖鏈了，是不是？我代表著『死亡』，而妳的極限化成鎖鏈，緊緊綁住了妳。」

「……！」

「那鎖鏈太過牢固，令妳退縮。可以的話，真想把所有困難交託他人，拔腿就跑。妳是這麼想的，對不對？但是，不可以。只要妳扯開那條鎖鏈，上天就會降臨在妳面前。上天會將『恩寵』賜給跨越盡頭的人。所以，為了讓刀華小姐再次反抗我，反抗命運，我今天要來告訴妳一件事。」

天童說完，緩緩起身，俯視著刀華。刀華無力地癱坐在病床上。

「就在今天的稍後，我會再次攻擊這塊土地上的人們。」

他宣告，絕望即將到來。

「——!!」

「冰災〈紅蓮地獄〉——龐大的暴風雪將會包圍整個九州。你們似乎嘗試逃離九州，但我不會放過他們。我會冰凍海水，把所有人關進嚴寒牢籠。風雪將會不間斷地吹襲，凍僵居民的身體，皮膚因寒冷而碎裂。只要三天，所有人都會死得一乾二淨，育幼院的孩子們也不例外——」

「不要啊啊！快住手！」

絕望點燃刀華的心靈，瞬間忘記剛才的僵硬。

她爬起身，咳血般地嘶吼，朝一旁的天童伸出手。

她想抓住天童。

但是刀華的手仍然像墓園那時一樣，抓空了。

宛如要抓住雲霧。

碰也碰不著。

另一方面，天童卻張開五指，雙手抓住刀華的頭──

「──那妳只有一個選擇！就是由妳，親手打倒我!!」

「咿……！」

天童說著，眼窩噴灑翠綠魔力光，猶如火光。

刀華近距離直視天童的樣貌，畏懼心再次復甦。

她忍不住閉緊眼，想要逃離眼前的恐懼。

天童卻不允許她逃避。

他的手指強行撐開刀華的眼瞼，斥責道：

「不能撇開目光！不直視困難，要如何戰鬥！來，看著我，憎恨我，然後打敗我！我打算毀了那間美好的育幼院，殺死那群善良孩童！只有妳能打敗我！沒有別的方法！我代表著你們所有人的『死亡』。絕不會有一絲憐憫。」

「～～～～……！」

刀華現在的感覺，就和墓園那時候一樣。

兩人靠得如此接近，卻如同相隔兩地。

她無法觸及眼前人的身體，更無法理解對方的心思。

「妳放心，上天慈悲為懷。祂一定會賜給刀華小姐『恩寵』。上天是如此寬容，連我這種落魄之人都能獲得賜福。來，鼓起勇氣。」

天童的用詞、神情、語氣，一切的一切都飽含著「愛」。

© Won

然而他的行動卻如此偏離他表現出的「愛」，難以理解。
刀華不由得問道。
「為什麼、你要……這麼做？」
質問這股瘋狂的緣由。
天童聞言，語氣帶著一絲哀嘆，答道。
「正因為我雙眼不視物，才能看得更遠。已經沒有時間了。東邊的天空正要降下永夜。那片深沉漆黑的夜色，會吞噬眾多生命光輝。」
「!?」
永夜。
她在墓園對付天童時，也曾聽天童提過這個詞彙。
當時刀華還聽不懂意思，現在卻閃過一絲靈感。
從這塊土地往東去——美國太平洋艦隊正突襲首都東京。
「現在東方孕育的異變即將展開。像刀華小姐以及其他人那樣微弱的光芒，瞬間就會消失在永夜裡。所以我必須在各位受害之前，將各位引領到上天身邊……我必須指引你們。唯有這個方法救得了你們。我之所以苟延殘喘存活至今，全是為了這一切……！」
天童堅毅地說完，放開刀華。
他解下自己頸子上的樹枝十字架項鍊，放在病床上。

「刀華小姐，我相信妳的堅強。請妳一定要扯開那條鎖鏈，贏得上天的『恩寵』，前來殺死我——只有仰賴上天偉大的慈愛，才能拯救人們於水火之中。」

下一秒。

天童的身影一陣搖晃、模糊，接著如霧水般消散。

引力帶來的壓力原本捆住刀華的心臟，此時也隨之散去。

「呼！哈啊！咳咳、喝呃……！」

內臟終於恢復功能。

刀華嘔吐般地張大嘴，拚命吸取氧氣。

她重複呼吸，腦袋終於恢復運轉，思考著。

（那個人、究竟……）

看到了什麼？

她試圖伸出思緒釐清對方的想法。

然而，她沒有時間悠哉思考了。

「啊……！」

窗戶開始喀噠喀噠響。

一股寒意爬上背脊。

這不同於剛才。剛剛是引力造成精神上的寒意。

肌膚確實感受到外在氣溫下降。

「難不成——」

『這裡是應變中心廣播。剛才收到氣象廳最新消息，福岡市發生局部氣溫變化。稍後將協調全體應變措施。請B級以上魔法騎士，以及各單位管理層級職員，前往大學第一教室大樓正面大廳會合。重複一次——』

聯盟的緊急集合廣播證實了最糟糕的推測。

——就在今天的稍後，我會再次攻擊這塊土地上的人們。

天童如他的預告，開始行動了。

慘劇並未放慢腳步，確實地一步又一步逼近。

恐怕等不到黑乃返回九州。儘管〈世界時鐘〉是日本首屈一指的A級騎士，她可是要對付大國的軍團，不可能那麼快趕回來。她說只會花三天，但這時間仍然很緊迫。刀華也明白這一點。

黑乃已經趕不上了。

只能以現有戰力討伐天童。

除此之外，沒有第二條路。

而方法——————確實存在。

床單上放著樹枝十字架。

刀華一望著十字架，天童引力遺留的影響便深深勾起恐懼。

但是，他告訴刀華。

不可以移開目光。

只要跨越這份畏懼，「恩寵」就在另一端等著她。

天童的大部分話語都令人摸不著頭緒。

但是，刀華能夠確信一件事。

那就是，他沒有說過一分一毫的謊言。

他確實是基於善意行動。

他想要引領伐刀者獲得「恩寵」——也就是〈覺醒〉。

強迫刀華這些伐刀者，去體驗跟自己一樣的〈覺醒〉過程。

那麼，前方一定存在。

這令人不寒而慄的死亡恐懼。

無處可逃的宿命威脅。

當自己撕裂、跨越這些困難，就能掌握打倒天童的力量。

「我一定得做……一定要打敗他……」

刀華喃喃說道，手伸向十字架。

接著，抓住。

於是——

「……我、我得戰鬥！」

下一刻，刀華再次回到那座山丘。

寸草不生的鉛灰色山丘頂端。

她手無寸鐵，被綁在十字架上，宛如罪人。

周遭還是圍繞著天童，人人手持〈天叢雲劍〉。

刀華見到這幅景象，暗自心想。

她第一次看見這光景，不懂個中之意，非常慌張。現在她明白了。

自己心中對於最難逃離的「死亡」，化成了這幅景象。

在自己年幼時……她不記得是幾歲的時候，曾在圖書館讀到一本有關基督教的書籍。

書上附了插畫，記載凡人殘忍地處決了聖人。依稀記得自己看到這段描述，突然感覺很悲傷，而且很害怕。

這段記憶在深層心理化作「死亡」的形象，呈現在眼前。

也就是說——

（這些畫面，全是妄想……！）

無數鏽跡斑駁的劍尖，輕輕刮過裸露的肌膚。

銅鏽的凹凸勾破皮膚，產生小小的刺痛。但這些全是幻想，源自於自己的畏縮。

沒錯，包括這道文風不動的鎖，以及眼前無數的天童。

一切都是虛構。自己面對無法抗拒的死亡宿命，心生怯懦，便用這幅景象阻止自己挑戰命運。

（既然如此，我必須用自己的意念超越它！）

天童的所作所為，都是基於善意。

那麼他口中的一切，一定都是真實的。

只要克服、壓制這些幻想，就能到達〈覺醒〉階段。

那麼──

（不可以逃避……！要戰勝自己的軟弱，斬斷鎖鏈！）

自己非做不可，不能不挑戰。

她一定要在現在這一刻──超越自己的宿命。

不然，她再也沒有手段拯救自己重視的人們。

她一個勁地扭動身軀，束縛仍舊牢固。

無論她再怎麼使力，不動就是不動。

劍尖不再輕撫皮膚，靜止不動。

接著，深入。

開始壓迫皮膚。

（唔、這種感覺一點都不痛！不痛……！）

她咬緊牙根。

全是幻象。

這不是現實。

所以她不會死。就像剛才一樣。

那麼要她重複幾次都行。

不管幾次，她都要試。

直到扯斷這道鎖。

再多痛楚都要忍耐。

她發誓，激勵自己，下定決心。但就在這一瞬間——

處處劇痛湧進刀華身軀，輕易拋飛她所有的決心。

『啊呃——啊啊啊啊啊、啊啊啊啊啊啊啊、啊啊啊啊！！！！』

兩場大戰・首都保衛戰

美國太平洋艦隊侵略專屬經濟海域，政府發布國家緊急事態宣言。這個當下，所有居住在首都東京的人們，都以為這只是演習，或是誤報。

然而，大批戰鬥機急速飛過天空，往海邊而去。戰鬥機的目的地閃爍微光。那是空中格鬥造成的閃光。爆炸聲猶如遠雷，震盪空氣。

緊接著，電視機的緊急快訊播出艦隊的影像。眾人隨即明白，這些焦急的警報聲，以及其傳達的危機，全都是事實。

理解之後，嚴重的慌張與焦躁隨之而來。

發布警報後十分鐘，東京頓時陷入大混亂。

東京在過往的世界大戰中，曾經體驗過東京大空襲（註1），現已建設傲視全球的

註1　美方翻譯為「東京大轟炸」，為二戰期間著名的區域轟炸行動。

都市防禦機構，形同要塞都市。

防禦機構一啟動，各街區便會升起防空兵器，宛如豪豬一般發射對空炮火。掌管國家機構的重要設備也都收納在地下都市內，各個機構可以通過各區域的緊急電梯，抵達地下都市。

這座地下都市設置了避難所，足以收容全體東京都民。東京都內各處都有通道直通地底，都民從通道滑入地底都市，最久可以在此藏身避難三個月。

世界大戰之後，日本享盡亞洲與大洋洲地區的財富，耗資大量金錢，打造出幾近世界最強、最大的要塞。

這座城市就是東京。

要塞堅若磐石，卻守不住人心。

理所當然的安穩日常，在一夕之間毀滅。這股恐懼奪走人群的理智與秩序。

警報響起，同時開啟了避難所入口。人群爭先恐後進入避難所，甚至彼此爭執。

公務員如自衛隊、警察、公所人員，以及魔法騎士，在這場混亂中極力維持秩序。

他們在警報發布當下，就遵從緊急手冊指示，疏散東京都民。

魔法騎士在疏散避難擔任了十分重要的角色。

按照能力，半強制性讓都民遵照秩序行動；

自衛隊、防空設備若有處理不來的流彈，就由魔法騎士接手，保護都民；

以及——萬一不慎讓敵軍登陸，魔法騎士將做為戰鬥人員，上前線作戰。

這些職責既繁多又重要。

也因此，魔法騎士人數越多越好。在國家緊急事態下，甚至會強制徵召學生騎士。

綾辻絢瀨也是接到徵召的其中一名學生騎士。

絢瀨在道場做完修行，在沖澡時聽見警報。她急忙奔出浴室，回到房間更衣。

「沒想到會演變成這種局面……」

手機的廣播軟體傳來快訊，數枚飛彈已經命中都內。

「戰爭」原本距離自己那麼遙遠，現在卻發生在生活範圍內。

習武之人需日日鍛鍊，以便在緊急時刻派上用場。

絢瀨以為自己每天都把這句話掛在心上。

然而一旦狀況發生，她才深刻體會到。

自己其實默默認定，這一天不可能到來。

總而言之……現在魔法騎士多一人是一人。

絢瀨拿毛巾用力搓掉肌膚上的水珠。

頭髮溼淋淋的，但是無所謂。

反正跑著跑著就會乾了。

「這次狀況說不定會拖上好一陣子……」

她擦乾肌膚，正要穿上胸罩，忽然猶豫了一下。

未來一週內，不，甚至更久，她可能不能洗澡，甚至沒時間換衣服。

考量到美國的伐刀者——超能力者進攻時，自己或許會在戰鬥中受傷，白布纏胸可能比胸罩方便。

纏胸纏得結實一點，不但能抵擋力道較弱的刺擊或劈砍，受傷時也容易止血。

要是演變成首都防衛戰，就退無可退。

士兵必須盡可能長時間在前線作戰。

既然沒有太多時間治療，就應該用裝備提高自己的續戰力。

絢瀨好歹出身武術家庭，這方面的判斷十分適當。

她拋下胸罩，從放內衣的抽屜邊緣拿出白布，仔細地纏起胸部，不讓白布打結。

絢瀨纏得很緊，像是逼自己鼓起勇氣。

就在此時。

手機廣播軟體忽然中斷播報，傳來來電通知。

她不認識這個號碼。

「是誰打來的？——喂，我是綾辻。」

『是我啦！』

「嗄？」

誰？

對方操著關西腔，聲音卻很陌生。絢瀨滿頭問號。

「那個，請問是哪位？」

『我們之前才在聯盟分部見過面啊，我是諸星啦！』

「啊，諸星同學。」

現在聽來，諸星的語氣的確是這樣。

但是為什麼——

「為什麼諸星同學會打電話給我？」

『從這反應來看，妳那時候果然就在旁邊嘛。妳是藏人的女人，對吧？』

「嗄啊啊啊啊!?!?」

這句鬼扯瞬間震飛絢瀨內心的小疑問。諸星為什麼會打電話給她？根本不重要。

『好吵，幹麼啊？』

「你才是，不要亂講！我什麼時候變成那傢伙的女人了!?」

莫名其妙。

他到底聽誰胡說八道，才會講出這種鬼話。

『什麼啊，原來不是喔？』

「亂講話也要有限度！我爸爸只是關照那傢伙一下只能算是我的師弟除此之外絕對不會再更近一步也沒有其他關係！」

『哎呀，那不重要啦。』

「很重要好不好！」

『先不說這個，藏人現在在妳那邊嗎？』

「……嗚唔～」

諸星毫不廢話，直接接著問。絢瀨不禁一陣苦惱低吟。

搞什麼，講話這麼強硬，完全不理會她的抗議。

難不成所有關西人都像他一樣？

「……在啦。我們都接到徵召，正要出門。」

『那幫我告訴他，別去那邊了，現在立刻來九州。』

「……嗄？」

絢瀨聽諸星這麼說，越來越不知所措。

「為、為什麼啊！我怎麼可能說得出口!?東日本全體學生騎士都接到緊急徵召，需要參與首都保衛——」

『沒差啦。』

「差很多好嗎!?」

『反正事到如今，那傢伙根本不在乎自己守不守規矩。要是有什麼麻煩，全都怪在我身上就好啦。幫我叫他過來。』

「……為、為什麼這麼堅持啊？」

絢瀨不懂，諸星怎麼會不惜賭上自己的名聲？

電話另一端，諸星這麼回答：

『黑鐵的老爹最喜歡適得其所嘛，我就學他這麼幹。我知道你們那邊也大難臨頭，那傢伙與其待在你們那裡，過來九州還比較有用。拜託妳啦。』

◆◇◆◇◆

『呃、呃啊、啊、啊啊啊啊!!』

刀華仍被綁在十字架上，青銅劍緩緩捅進她白皙的腹部。

就如同她兒時看過的書籍插畫。耶穌基督被釘在十字架上，長槍戳穿他的身體。

天童模樣的幻影將劍尖捅進刀華體內，仍然不停抽插擺弄。

一抽、一插，不時扭轉——

劍身一次次攪動體內，刀華隨之慘叫。

劍刃布滿銅鏽，非常鈍。銅鏽細小的凹凸彷彿鋸刃，來回撕裂身上的肉。

咬緊牙根，仍然劇痛難耐。刀華只剩頭部能自由活動。她不停甩動頭部，極力扭動身軀，拚了命想逃離十字架，擺脫命運。

但她的努力全白費了。

鎖鏈仍舊結實，只剩難以忍耐的痛苦侵蝕精神。

『呃呵……』

刀華咳出體內倒流的鮮血，無力地垂頭。
她再也沒有力氣了。
身體逐漸冰冷。
宛如石頭，越來越重。
難耐的劇痛逐漸麻痺。
這是死亡的感覺，她已經**經歷無數次**了。
墜落。
意識墜入比這更深沉的黑暗之中。
但黑暗只有一眨眼的時間。
視野再度恢復。
眼前跟剛才一模一樣，又是那座處刑山丘。
刀華又被綁在十字架上，毫髮無傷。
『呀、噫咿咿!?』
再次開始了「死亡」。
瀝血的嘶喊，再次迴盪在陰沉天空中。
沒錯，刀華的宿命展示了這場景，這是幻想。
命運束縛刀華，**為了守護她**，不斷重複這份警告。直到刀華屈服，放棄抵抗宿命之前，這場地獄會永遠持續下去。

一而再，再而三，甚至幾十次，不停地復甦。

『唔——』

下腹掉出了某種東西。

全身猛地抽搐了一下，癱軟下來。

死亡的感覺又一次緩緩侵蝕意識。

在這過程中——

視線隨著頭部低垂。

刀華看到自己的腳邊。

從自己腹部滑落的「內臟」，以及自己的屍體。幾十具屍體倒臥在下方，堆滿山丘。

「不要啊啊啊啊啊啊啊——————！！！！」

地獄就此中斷。

自己的血染紅了山丘，自己的屍體堆積如山。

她無法承受眼前的慘狀。

刀華逃離死亡的宿命，回到現實，回到分配給自己的病房、病床上。

「呼啊、哈、呼——！呼——！唔嗚嗚、唔嗚……嘔噁——！」

她急忙摸索自己的腹部。

還在。

內臟還在。

她確認完，放鬆了，同時又回想起那些幻想。宛如真實的痛苦不斷蹂躪自己，還有刀刃在腹部攪動的感覺，無比噁心。全身肌肉不由自主痙攣。

痙攣逼得她的胃液湧上喉嚨，直接吐在床單上。

「咳呵、呃呵！嘶——……、嘶——……」

身體仍然隱隱幻痛，呼吸短促。

刀華臉上沾滿油汗。她抬起頭，尋找病房牆上的掛鐘。

天童離開後，自己開始挑戰命運。她想知道到底過了多久。

她以為，那些無力抵抗的拷問，已經害她流逝大把的時間。

萬一已經花費整整一天，就糟糕了。

天童的暴風雪很可能已經造成傷亡。

刀華確認了時鐘——

「騙人……」

啞口無言。

自從她開始面對自己的命運，時鐘的指針僅僅前進了不到五分鐘。

明明那麼痛苦。

明明她已經被殺了一次又一次，死了一次又一次。

「啊啊、啊、啊、啊、唔啊啊啊……」

刀華的瞳孔放大，雙眸慌亂地顫抖。

眼角滑落一顆顆淚珠。

體感時間跟實際時間有落差。刀華原本應該感到高興。

她抵達〈覺醒〉之前的緩衝時間，比想像中還剩得多。

然而，刀華已經在可能性的盡頭品嘗過痛苦，她沒辦法為此喜悅。

時間還有很多。

她還能挑戰好一陣子。

換句話說——她還要死上幾百次、幾千次、幾萬次。

「不行……我不行了……我不想再繼續了……」

刀華在病床上縮成一團，猛抓油汗沾溼的髮絲。

她不想管剩餘的時間，一想到自己還得繼續被殺死，還要再回到那個世界，被人千刀萬剮，絕望便戰勝了喜悅。

在這個當下，刀華的心靈已經屈服了。

心靈不想再前進。

她的堅強，不足以反抗命運。

一開始，她的確懷抱強大的意志力想要超越命運，打倒天童。

死亡的次數超過第十次左右，勇氣逐漸輸給害怕。

當超過三十次，她只能對著幻痛不斷哭喊。

天童說，人能夠超越命運。

只要抵達命運的另一頭，上天將會賜福。

但是，到底該怎麼解開這道束縛？

不管她多麼奮力掙扎、抵抗，鎖鏈堅硬的觸感仍然緊緊扣著自己。她感覺自己的努力都是徒勞無功。

恐怖與痛楚一再折磨她的意志，到最後，她只能像現在一樣，縮起身子，不停抽泣。

那嬌小的背影，就只是個害怕大哭的孩童。

——不過，這才是正常人。

命運就是如此難以跨越。不，甚至**「想跨越命運」這個念頭本身就是錯誤**。宿命對人類來說，就是絕對的極限。

命運束縛人，卻也保護著人。

強行脫離這份保護殼，等於要自行挑戰比極限更龐大的威脅。

說得簡單點，就是找死。

跟自殺沒兩樣。

超越命運之人，必須直視死亡深淵，不帶半點畏縮、恐懼，繼續向前邁進。他們堅信自己能夠跨越命運的束縛，傲慢、不羈、勇敢，無論哪一種詞彙，都無法形容這份強烈的自我中心。

這種人**無疑是瘋子**。

也就是說，刀華和一輝、史黛菈不一樣，她只是普通的正經人。

用不著別人說，刀華已經深刻體會到了。

自己沒有這麼強大，她無法跨越自己的死亡。

可是——

——那妳只有一個選擇！就是由妳，親手打倒我!!

「我、必須、做到……因為、我——」

刀華仍舊打算再次挑戰。

她連哭花的臉都來不及擦，明知道很魯莽，也暗自相信自己辦不到，卻無視所有想法，強迫自己前進。

為什麼？

她並非出自正義感或責任感。

是她身上懷抱的「詛咒」，迫使她前進。

然而——

「啊啊啊啊啊啊啊啊啊——————！！！！」

當刀華閉上雙眼，黑暗再次覆蓋視野——她隨即睜開眼，放聲尖叫。

身心都在抗拒黑暗深處，那股無能為力的痛苦。

她斥責自己，硬是想閉上眼，眼瞼卻一動也不動。

雙眼瞪大到發痛的程度，眨也不眨一下。

「對不起……、對不起……！」

她無法再欺騙自己。

她沒辦法繼續挑戰。

她打不倒命運。

這等於是——她無法繼續戰鬥。

刀華沒辦法保護大家，也無法繼承願望，只能難堪地縮起身子。她不斷道歉。

向〈若葉之家〉的家人，還有自己的父母。

就在這時——

「……刀華，妳這個傻孩子。」

她聽見說話聲。

刀華很熟悉這道嗓音。

「咦——」

她抬起頭。

仔細一看，〈若葉之家〉的院長西方，不知何時站在敞開的病房門前。

西方非常哀傷地望著刀華，說道：

「每次都把自己搞得全身傷，又總是壓抑自己，想要繼續努力……這是妳最大的缺點呀。」

◆◇◆◇◆

算一算，自從她遇見東堂刀華，已經過了將近十年。

西方見到刀華之前，已經從貴德原慈善基金會得知刀華的背景。刀華的父母生病，經常出入醫院，慈善基金會的派遣員工原本就在照顧她。而她的父母幾乎是同時期先後去世，兒少保護評估後，決定轉送〈若葉之家〉安置。

由於〈若葉之家〉性質特殊，收容的孩子多半帶有身心問題，嚴重一點的，早已顯現在外觀上。

畢竟這些孩子在兒少期就失去父母，或是遭受虐待，不得不與家長分開，總是嚴重影響他們的人格發展。

刀華在同一個階段失去父母，更需要小心對待。

西方聽完刀華的資料，下了前述判斷。

這個階段的心靈輔導非常重要。

西方體認到自己的職責，迎接刀華到來。

然而——刀華的狀況完全出乎西方預料。

她剛來〈若葉之家〉的時候，情緒非常安定。

坦率，溫柔，又聽話，不和其他孩子起衝突。

這孩子非常好帶。

育幼院的其他職員為此感到開心，西方卻隱約感到不安。

以一個小學低年級的兒童來說，她太文靜了。

話雖如此，〈若葉之家〉除了刀華之外，還收容了很多孩子。

比起乖巧的孩子，經常哭鬧的孩子還是較需要費心思。

西方便把這份文靜當作刀華原有的個性，暫時放置。

不過，就在刀華來到〈若葉之家〉後，大概過了一個月。這一天，她繼承的遺產，原本住的房屋要出租，需要清空房子。

西方不得不改變自己的判斷。

她對刀華說，如果有什麼東西想要帶到育幼院，只要體積不大，都可以帶過來。但是——刀華卻這樣回答：

『沒關係，我沒有想帶的東西。』

西方大吃一驚。

從以往的經驗，即使孩子遭受虐待，由政府強制帶離父母身邊，這些孩子仍想攜帶跟父母有關的紀念品。

對這個年紀的兒童來說，父母親的存在非常龐大。

她又詢問一次，真的沒有想要帶來的東西？刀華仍然點了點頭。

『我真的沒有什麼重要的東西。爸爸跟媽媽常常住院，我很少跟他們在一起。所以……我連他們死掉的時候都沒有哭。因為我早就知道，他們很快就會死掉了。』

她早就知道了，所以不會難過。

刀華說著，表情也感覺不到半點倔強。西方見狀，馬上就明白。

——這孩子怎麼會不棘手？

現在收容在育幼院的兒童裡，這孩子絕對是最**岌岌可危**的一個。

這個女孩不知道怎麼「撒嬌」。

發脾氣，大哭大叫，發洩情緒。

小孩常有的心理狀態，任性妄為的根基，在於什麼？

那就是對旁人撒嬌。

自己覺得好困擾，希望別人做點什麼，幫幫自己。

撒嬌，就是這類情緒的外顯特徵。

這個年紀的孩子理所當然會撒嬌，隨著年齡增長，社會或自尊心才會逐漸壓抑這股衝動。

刀華卻在小學低年級的這個年紀，就喪失「撒嬌」的選擇權。

她已經學會怎麼壓抑自己的不安與不滿，不讓情緒失控。

這恐怕是她的生活環境使然。

父母隨時會去世。

雖說父母住院的時候，慈善基金會的職員會到府訪問，同時照顧她，但終究沒辦法一整天陪在她身旁。

不知道她孤單一個人的夜裡，究竟在想什麼，思考什麼？

一個這麼年幼的女孩，居然已經放棄「撒嬌」。

她在放棄之前，想必經歷過無數苦惱。西方一想到這裡，就覺得心痛。

——同時也感到憤慨。

她知道女孩的父母很辛苦，但是他們竟然沒為女兒做點什麼，就放她一個人煩惱——煩惱到後面只能看開。

女兒未來必須孤單活下去，他們居然沒有留下任何事物，來支撐、陪伴女兒。

不過西方一進到刀華的家，馬上就發現，自己的憤慨只是一場誤會。

圍牆的另一端，院子裡開滿一整片白皙花朵。

撲鼻的香甜氣息。

白色花瓣，黃色花蕊。那是洋甘菊。

西方一時間沉浸在洋甘菊的美麗之中。刀華說道：

『我上一次生日的時候，爸爸媽媽送給我這庭院的花，當作禮物。是他們回到家的時候，兩個人一起種的。但仔細想想……他們都死掉的話，我也沒辦法繼續住在這裡。他們送禮物之前可能沒有想太多吧。』

西方聽完這番話，不禁慚愧了起來。自己誤會大了。

刀華的父母果然深愛著她。

所以才把心願灌注在花裡，送給女兒。

可是——

『刀華，妳認得這種花嗎？』

『這是洋甘菊。爸爸媽媽有告訴我。』

『答對了。那他們有沒有告訴妳，這種花的花語？』

『……？沒有，他們沒有告訴我。』

刀華說「父母沒有想太多」，這讓西方覺得很怪異。一問之下，才發現刀華不知道洋甘菊的花語。

他們一定沒有告訴她。

——而西方熟悉刀華的個性之後，也察覺了。

連自己這個外人都能發現。

她的父母也發現女兒早熟。

他們一定為此內疚不已。

撒嬌是小孩理所當然的權利，他們卻沒辦法任憑女兒撒嬌。

他們的心願對於太過堅強的女兒，或許會成為「詛咒」。一想到這裡，他們就沒辦法將藏在花裡的心願說出口。

他們的選擇或許是正確的。

努力、堅強，不一定能成為「美德」。

太過強大，有時也會害了一個人。

但是——

『洋甘菊這種花，不管在多麼貧瘠的土地都能生根，一再遭人踐踏，也能開出花朵。苦難中的力量——洋甘菊的花語，就是在描述這種花的強大呢。』

『……！』

『刀華的爸爸媽媽一定是希望刀華可以像這種花一樣，堅強地活下去，才把這片庭院送給刀華。』

西方認為，還是應該把父母的心願轉達給她。

孩子都需要父母。

孩子終究會繼續活下去，即便只是小小的回憶，這份親情仍然會成為孩子心中的棲木，支持他成長茁壯。

刀華若是沒機會獲得如此深厚的疼愛，肯定是一大損失。

所以，西方將花的涵義告訴刀華。

並且——

她當下發誓。

假如有一天，兩人的願望逼這名堅強的少女走上絕路，她一定會代替死去的兩人，陪伴刀華左右。

絕對會。

他們現在或許也守在刀華身邊。西方向他們發誓。

——而現在，就是達成誓言的時候。

西方走進病房，一見到刀華的臉，她就明白了。

「妳一定一直責備自己。自己竟然沒能哀悼父母的死。自己直到他們死前，都沒有察覺兩人的愛。所以妳才這麼努力，努力達成兩人的期望，想要回應他們的愛。之前是，現在也是。」

「……」

「妳差不多該原諒自己了。」

「可是……！我一定得做，一定要！已經、只剩我能做到……！」

刀華哭得一塌糊塗，話也說不清，卻仍然不打算退縮。

西方知道。

刀華不懂怎麼撒嬌。

所以才會想達成自己辦不到的事。

即便自己會因此崩潰。

人們將這個行為，稱為強大。

或許能在世界留名的英雄，都具備這樣的強大。

但是——

「————」

開什麼玩笑！

西方現在的情感近似於憤怒，用力抱緊刀華。

「媽、媽……？」

「妳已經很努力了。不但幫忙照顧相同處境的孩子，當大家的英雄，任何時候都很優秀。妳已經像洋甘菊的花語一樣，成長得十分堅強。妳是〈若葉之家〉的驕傲。妳的父母在天堂一定也會很開心。可是……妳的父母一定不希望刀華這麼痛苦，還逼自己繼續努力。」

「咦……」

「不會有花開得像現在的妳一樣，這麼沮喪。」

「————！」

「希望孩子任何時候都能堅強——並且笑得像花朵一樣燦爛。父母對於孩子的願望，多半只有這點程度。除了孩子的笑容之外，他們別無所求。

而且……我也一樣。

難過的時候，可以逃避。

不需要逼自己去做辦不到的事。

就算這個世界毀滅……妳的家還是在這裡。妳的家人也在這裡。這世界上誰敢指責妳，我、〈若葉之家〉一定會保護妳。刀華，所以妳就原諒自己，別再努力了。」

雙手更用力收緊。

緊得令人發痛。

沒錯，開什麼玩笑。

怎能眼睜睜看別人把心愛的女兒、家人，推上英雄的位置，永遠孤單？甚至崩潰？

她可以繼續平凡。

希望她繼續像現在一樣平凡。

西方多麼希望這份強烈的意念，能夠傳達給刀華。

同一時間——西方也思考著。

從那一天起，自己是否做得夠好？

自己轉達刀華父母的遺願，也在同一天立下誓言。

即便當下無能為力，但希望刀華未來需要他人幫助的時候，自己能夠成為她願意撒嬌的對象，親自教導她父母沒能教她的功課，學會撒嬌的重要性。

自己在那之後，已經盡自己所能為刀華付出。

她是否願意接受自己？

自己是否順利成為這女孩的母親？

西方的擔憂——

「嗚嗯、哇啊啊啊啊啊啊啊～～～～～～！！！！」

完全是杞人憂天。

當然了。

西方在這十年內，始終陪伴著刀華。

刀華抓緊西方的胸口，放聲大哭。

自己內心那股難以言喻的情感，原本一再膨脹、累積、塞滿心頭，現在全發洩出來了。

好想依賴他人的溫柔。

好想把自己的一切交給別人安撫。

任何人在兒時，都曾經歷這些衝動。

刀華卻沒能體會。

這些全都是長大成人必備的功課。她在兒時沒能做好，直到今天才完成課題。

◆◇◆◇◆

巴著別人的懷抱，依賴別人的溫柔，哭得唏哩嘩啦。
她有記憶以來，或許是第一次這麼做。
刀華的鼻水差點流出來，又用力吸了回去。
「嘶嗯。」
「……呼——……」
總覺得有點恍神。
可能是哭太久，腦袋缺氧。
好丟臉。
這行為根本沒什麼意義，也解決不了任何問題。
現在的狀況分秒必爭，自己到底在幹什麼？
雖然自己這麼想，也這麼認為……但神奇的是，心情輕鬆不少。
刀華大哭一場之後，西方帶著她走出病房。
「走吧，妳哭這麼久，一定很累。和大家一起吃飯吧。」
吃飯。

刀華一聽到這個詞彙，肚子便咕嚕叫了起來。

說起來，她整整睡了五天，根本沒吃東西。

當她認知到飢餓，空腹感頓時襲來，胃簡直像是開了個大洞。

所以刀華任憑西方牽著手，走向大學的體育館。

館內正在給避難民眾配給物資，發放熱湯。

天童的伐刀絕技引發寒流，也影響到這個地方。

這些熱湯是用來稍微溫暖難民。

自己什麼也沒做，一直在睡覺，不太敢享用眾人的好意。但是刀華敵不過呆滯的大腦，以及五天份的食慾。

刀華排隊等著領取雞肉味噌湯。

「小心別打翻了。」

「謝謝——啊。」

她正打算捧過碗，剛好和分配雞肉味噌湯的女子對上眼。

「哎呀，是妳啊……」

這應該是大學餐廳的備品。

女子穿著不相襯的和式家事服。刀華認得她。

她是伊藤太太。她在〈若葉之家〉的一連串風波裡，一直跟他們作對。

畢竟相識時一直爭吵，現在忽然面對面，總是覺得尷尬。

伊藤似乎也有同感。

她維持遞出湯碗的姿勢，僵住了。

「妳平安無事啊。」

「……有意見嗎？」

「不、我不是這個意思……！」

那句話顯然多此一舉。

刀華深刻感受到，自己現在根本沒在動腦。

刀華急忙否認。伊藤似乎傻了眼，說道：

「妳看起來真悽慘。一個年輕女孩子，怎麼能用慘兮兮的模樣見人？」

「啊……」

對方一說，刀華才想起來。

自己剛剛大哭過。

汗水沾得頭髮亂七八糟，眼瞼也哭得紅腫。

她沒整理儀容，就餓得直接跟過來，太不小心了。

刀華忍不住自嘲，自己真的完全無法思考。

「……我也沒資格說別人。」

伊藤咕噥著，收回碗，又盛了一整碗份的雞肉味噌湯，才遞給刀華。

「妳就吃多點，趕快打起精神。騎士哭喪著臉，會讓大家心急。」

「咦？可是——」

這種時候還給她特別待遇，未免招人物議。

刀華正想婉拒，伊藤卻半強迫地讓刀華捧住碗。

「無所謂，我會扣掉我的份。好了，快走快走。後面還有很多人在等呢。」

「啊，不好意思。」

刀華暗叫不好，往後方一看，和一位中年人對上眼。對方的表情已經有點不耐煩。

她只好一個勁彎腰道謝，趕快離開隊伍，沿路折返。

伊藤看刀華離去，朝著她的背影故意說道：

「我不知道妳在煩惱什麼，但是這種危急時刻，每一個人只能在自己能力範圍內，做自己辦得到的事。妳也是，我也是。不管是不是騎士，大家都一樣。」

「…………」

——自己的能力範圍內。

這樣真的足夠？

明明可能害這裡所有人都會遭遇不幸。

天童說了，他會繼續颳風雪，直到所有活人死絕為止。

天童說到做到。

外頭的天氣就是證據。風聲逐漸變強，氣溫持續下降。一個不好，很可能明天就會開始出現犧牲者。

即使黑乃按照約定，在後天趕回來，這裡的人離港口這麼遠，他們的下場可能會很悽慘。

這種狀況下，自己真能抱持這麼天真的想法？

刀華質問著自己。這時——

「啊！刀華姊姊！」

「這裡！我們在這裡——！」

她聽見有小孩在呼喚自己。

刀華抬起頭一看。體育館的地板都鋪上軟墊，她親愛的家人正待在軟墊的角落，朝她揮手。

家人圍成一圈，西方和彼方的身影也在裡面。西方先一步離開隊伍，彼方則是剛做完疏散指揮。

「刀華姊姊！」

「妳有沒有事!?有沒有地方痛痛？」

刀華一靠近，小花還有其他年幼的孩子馬上上前，圍住了她。

「嗯，謝謝你們。太好了，大家都平安。」

「真的沒事嗎？」

「刀華的眼睛好紅喔。妳哭了嗎？」

「……哭了一下。可是已經沒關係了。」

彼方向刀華招招手，手上還拿著手帕。

應該是想幫她擦臉。

刀華也不好意思繼續頂著這張悽慘的臉，便乖乖走到彼方身旁坐下。

「是彼方請媽媽來照顧我，對不對？」

「理事長叮嚀過，不能讓妳一個人待著。來，別動。」

刀華一坐下，西方院長便拍了拍手。

「好了，大家都到齊囉。」

「泡沫哥哥跟梨央哥哥呢？」

較年長的其中一個女中學生，加藤杏答道：

「梨央在照顧泡沫哥，所以這樣就到齊了。」

「那快點開動吧！我已經餓癟癟了——！」

「我也是——」

孩子嚷嚷著等不及了。西方見狀，溫柔地微笑。

「呵呵，小杏有傳簡訊告訴我。今天大家都很努力幫忙，對不對？」

孩子們一聽，一個個挺起胸膛，炫耀自己的功勞。

「我們一起在窗戶上貼膠帶喔！」

「我有去發毛毯！」

「我是這個！我有幫忙鋪墊子！」

「聽說今天晚上會變得很冷，大家都很努力幫忙呢。」

刀華一聽，這才發現。

體育館的每一扇窗戶都貼滿叉叉狀的防護膠帶，連窗戶縫隙也沒放過，全都仔細貼滿膠帶。

人人都盡自己所能加工，又是軟墊又是毛毯，努力保護自己，不受逐漸逼近的寒流侵襲。

刀華佩服之餘，也不禁慚愧。

「……大家都好厲害。不像我，只會怕得哭出來。」

刀華這番話——

「「「哦——……」」」

〈若葉之家〉的孩子聽完，瞪大雙眼，有點訝異。

「刀華姊姊也會害怕呀。」

孩子們深知〈雷切〉的勇猛善戰，覺得很意外。

他們會不會失望？

但自己只能窩囊地逃離命運，他們當然會失望。

刀華暗自心想。不過——

「怕也沒辦法嘛。」

「嗯，刀華也是女孩子嘛！當然有害怕的東西呀！」

「沒錯。刀華姊平常這麼努力，偶爾也要休息一下。所以今天我們會連刀華姊的份一起努力。當然，只能在我們做得到的範圍內努力。」

「────」

她的家人不管去到哪，都這麼善良。

而且──

「啊，對了。小花！現在把那個給姊姊吧。」

「咦？可、可是泡沫哥哥和梨央都不在耶……」

「可是姊姊現在這麼沮喪，現在給她說不定會打起精神呀。」

「士郎，真是好主意。我之後會跟他們解釋──來。」西京說。

「那就大家一起喔。」

刀華不禁疑惑，他們到底在說什麼？隨後，所有人圍繞著刀華──

「「刀華姊姊，生日快樂──!!」」

所有人齊聲祝福，並送上掌聲。

「啊……這麼說來……」

刀華慢了一拍，才忽然想起。

現在已經是八月下旬了。

「正確來說，刀華的生日已經過了兩天了呢。畢竟刀華睡了好久。」彼方說道。

說到生日——當然有生日禮物。

年紀較小的女孩小花代表所有人，把生日禮物交給刀華。

「這是我們一起送的禮物！」

「這是……」

她手上是一副髮夾。

金色底座裝有小巧的花朵裝飾。

這些小花，很類似那對刀華意義深重的花朵。

是洋甘菊造型的髮夾。

「我們家門口的花，是刀華姊姊最心愛的花，對不對？」

「所以大家就一起去找了，看看有沒有跟那種花一樣的造型！」

「妳戴戴看嘛！刀——咦？」

「刀、刀華，怎麼了？」

「咦？」

孩子們看著自己的臉，突然開始不知所措。

刀華還不知道發生什麼事——

「……呃、咦？」

眼前忽然一陣模糊。她才明白，大家慌張的原因在自己身上。

「妳是不是不喜歡？」

「不、沒有……真的不是……我太開心了……」

刀華急忙擦去淚水。

但是她一直擦、一直擦，仍然停不下眼淚。

淚珠，代表難以化作言語的感謝。

「～～～～！」

刀華心想。

自己到底在糾結什麼？

『那妳只有一個選擇！就是由妳，親手打倒我!!』

她居然被這句話矇騙了。

……不，也不太對。

她不是受騙上當，是她自己想去相信這句話。

自己辦得到。

自己能成為那樣的強者。

嘴裡說是為了守護大家，實際上只是執著於**想成為英雄的自己**。

——甚至忘記，有這麼多力量支持自己活下去。

刀華凝視著掌中的髮夾。

望著上頭的白色小花。

沒錯。

一開始，只因為有這朵花。

父母懷著期望，送了洋甘菊給自己。

自己得知花的涵義，想要變強。

接著，她遇見一群願意疼愛自己的人。

她想保護這群人，想成為他們的驕傲，努力上進。

自己沒有一件功勳，是只靠自己的力量完成。

各式各樣的人努力不懈，才成就了今天的自己。

只要少了其中一份力量，〈雷切〉東堂刀華就沒辦法站在這裡。

真是的，自己為什麼會忘記這麼理所當然的事？

自己周遭明明充滿可靠的人，他們都願意為自己盡一份心力。

——這種危急時刻，每一個人只能在自己能力範圍內，做自己辦得到的事。妳也是，我也是。

她現在徹底明白了。

至今她不曾正視的一切。

自己的職責。
自己的心願。
自己的——能力範圍。
自己沒辦法打敗播磨天童。
這是無法推翻的事實。
自己並不像一輝、史黛菈，她的自我並沒有強烈到能夠翻轉命運。
但是，那是只看自己一人的能力。
——和大家攜手協力，就有辦法超越命運。
她可以肯定。
她已經看見那條出路。
那麼，上吧。
盡自己所能，去做任何能做的，想做的事。
不是為了**成為強悍的自己**來保護他們。

而是與那些疼愛、養育自己的**大家一同奮戰**。

只因為，自己的心靈深切期望這麼做。
刀華抹掉眼淚，用髮夾夾好塌掉的瀏海。

「謝謝！**我這次**一定會好好珍惜！」

她以笑容做為禮物的回禮，站起身。

接著，她環視自己的周遭，一一看過身邊的人們——說道：

「各位，我想拜託你們。」

以自己為中心，除了圍繞在身邊的〈若葉之家〉成員，體育館內還有其他人。

她發出洪亮、鏗鏘有力的嗓音，讓所有人都聽得到——

「請各位和我一起戰鬥。」

◆◇◆◇◆

黃昏，太陽開始西沉。美軍的攻勢終於達到最高峰。

無數兩棲突擊艦接受空中支援，突破海上防衛線，從東京灣登陸。

「就是現在！衝進去！」

「手持武器者當場射殺！」

「聯盟因自衛而存在？簡直笑話，一群恐怖分子！」

「合眾(States)國會降下正義的鐵鎚！」

恐怖分子〈解放軍〉的背後，有〈國際魔法騎士聯盟〉撐腰。

士兵相信總統的說詞，手持槍械與懷著激憤，登陸日本領土。

海岸線已經排滿整列陸上自衛隊，戰車炮與子彈毫不停歇。眾多士兵不畏槍彈，向前邁進。

他們堅信我方的正義，不知道自己被蒙在鼓裡。事實上，合眾國所屬的〈大國同盟〉也是謊言的一分子。他們為了維持抗衡，也曾出手協助〈解放軍〉。

然而，當先鋒部隊穿越海岸的倉庫區，踏進市區的一瞬間——

怒濤般的攻勢戛然而止。

「呃啊啊啊啊啊啊!?」

「咕、咿咿咿!?怎、怎麼了，身體好痛……」

士兵穿越槍林彈雨時，體內忽然間爆發痛楚，痛得腳軟。

劇痛。

一名老練士官長直覺比較好，悄聲說道：

「是超能力……!」

美國俗稱的超能力，在聯盟稱為伐刀絕技。

也就是魔法的力量。

正如其名。

「〈染血海域(Violet Pane)〉。」

這股貫穿眾士兵的痛楚，來自一名女子的魔法。迎戰美軍的陸上自衛隊隊列，這名女子站在戰車上方，黑色的長捲髮隨海風飄曳。她就是C級騎士，折木有里。

伐刀絕技〈染血海域〉能夠製造幻痛。大範圍共享自身病體的痛楚，**強制**攻擊範圍內的敵軍**陷入絕對負面狀態**。

雖說只是幻痛，沒有傷口，痛覺本身卻是貨真價實。

想要奔跑，關節扭曲般的疼痛會拖住腳步。一個呼吸，就能使毀壞的肺部吱呀作響。以折木為中心，方圓半徑五百公尺內，所有士兵瞬間喪失戰鬥力。

「……真是萬萬沒想到，自己的服役期間竟然會發生戰爭呀。」

折木俯視著跪地打滾的敵軍，皺了皺臉。

她面對任何痛楚都不皺一下眉頭，現在神情卻顯得十分苦澀。

她知道，這些士兵會有什麼下場。

但是折木隨即壓下情緒，閉上雙眼——轉為戰士的表情。

「咳呵，那麼各位，有勞了。」

「「「喔喔——！！！」」」

折木的暗號一下，自衛隊隨即展開掃蕩射擊，殲滅失去戰力的敵軍。

先鋒部隊瞬間成為彈下亡靈。

美軍雖然剛衝鋒就受挫，卻也不會輕易退讓。

「嘖，果然不會讓我們輕鬆攻入陸地。找掩護！撐過這次彈幕！」

「可惡，痛死了，好難移動……！」

「來這裡！手伸過來！快點！」

美軍活用倉庫區的地利，以建築物為盾，躲避飛來的炮火。

他們也可以選擇等待我方戰機的對地攻擊炸飛敵軍隊伍，但是——

「咕啊啊啊!?」

「火、是火！火從後面、呃啊啊啊！」

魔法騎士與陸上自衛隊共同組成防衛陣線，開始展開魔法攻擊。

他們不受遮蔽物阻礙，準確清除敵軍。

負責前線指揮的將校果斷下決定。

「超能力者也上戰場了……不過，少得意了，日本人。你們很清楚，吾等合眾國為何能占據世界最強之位！啟動〈ＥＤＹ〉！讓他們嘗嘗正義的力量!!」

他斷定必須動用殺手鐧，突破眼前戰列。

「不愧是折木小姐！」

「敵軍的動作變得這麼緩慢……」

「全都變成活靶子啦！」

「各位別太大意——、嗯!?」

防衛陣線的隊員與折木合力殲滅敵軍先鋒部隊，登時士氣大振。

但是他們的興奮沒能持續多久。

折木率先察覺異狀。

槍砲聲之間，似乎聽得見類似噴射裝置的聲音，而且越來越近。

她疑惑地瞇眼細看。只見無數人影背上噴火，從海岸直線飛往防衛陣線。數量超過上百。

那些人影順著飛翔的衝力舉起腳，**踢飛**陸上自衛隊的戰車。

「怎、怎麼回事!?」

隊員愣愣地站在原地，望著戰車原本的位置。

形狀像人影，卻不是人類。

人形物體全身包覆金屬外殼，頭部裝著一顆全方位攝影機，像巡邏車警示燈一樣可以旋轉。

「機器人!?難不成——」

「……〈ＥＤＹ〉，果然派出來了。」

折木知道這些攻破戰列的機器人名稱。

美國的軍事科技領先他國一世紀以上，他們運用科技製造出這些鋼鐵士兵，名為〈ＥＤＹ〉。

鋼鐵士兵〈ＥＤＹ〉紛紛在極近距離降落。自衛隊員開槍，魔法騎士則是拿起靈裝、施展伐刀絕技，嘗試攻擊〈ＥＤＹ〉。然而——

「這、這是什麼鬼東西！竟然能彈開所有子彈。」

「好硬……！我的炎槍可是能打穿裝甲板，居然打不穿這玩意!?」

『模式，搜尋&殲滅。開始執行任務。』

「「嗚啊啊啊啊！」」

〈EDY〉施展雙重套索踢擊，周遭的士兵、騎士像是遭卡車撞飛，全被踢飛。

打散周遭士兵之後，〈EDY〉將目標轉向威脅美軍的戰車，右手舉向戰車。

右手手掌張開，掌中裝有炮門，炮口釋放強光——

「糟糕！大家快散開！」

折木大喊，以戰車為地，使勁一蹬。

下一秒，〈EDY〉的右手掌釋放熱光，直接射穿所有並排的戰車。戰車隨之爆炸。

「不、不會吧，五輛戰車全部……」

隊員們錯愕地望著變成火球的戰車。

折木也繃緊神情。機器人的攻擊力竟然輕易摧毀戰車。

強粒子加農炮。

這不但是〈EDY〉的主要兵器，也是劃時代的發明。美國正是靠這項兵器，占據世界第一軍事國家的寶座。

強粒子加農炮體型極小，還可釋放高能量的指向性強粒子，擁有破格的攻擊力，能瞬間熔解世上所有種類的裝甲，甚至也能輕鬆打穿伐刀者的魔力防禦。

換句話說，美國靠著這項科技技術，成功以工業量產與魔法騎士同等的戰力。
伐刀者數量稀少，他們卻能刻意量產同等級的士兵。
美國和其他國家的兵力相比，已經占了壓倒性優勢。
正如將校所說，美國之所以能成為最強，原因就在於他們擁有〈ＥＤＹ〉。
而且——
「真糟糕，我的能力對這東西完全沒效。」
〈ＥＤＹ〉對待在現場的折木來說，非常棘手。
她的能力是將自己的痛楚與傷勢，化作幻痛分享給他人。
敵人一旦換成機器，這些效果毫無意義。
當然了，機器沒有痛覺。
它們不會因疼痛停止行動。
不過——
「所以才叫我們來呀。」
日本方面早就預料敵軍會派出這項兵器。
折木聽見可靠的聲音，回過頭去。
兩名學生騎士早已手持靈裝，站在她身後。
一是嬌小少女，正踩著小跳步。她是〈速度中毒（Runner's high）〉兔丸戀戀。
另一人則是扛著巨大斬馬刀的魁梧大漢，〈破城艦（Destroyer）〉碎城雷。

破軍引以為傲的兩名C級騎士。

折木詢問兩人：

「可以上了？」

「蓄力完畢。隨時都能大開殺戒。」

「雖然我們對那個月影總理有點疙瘩，但不能眼睜睜放侵略者進家門。我們會對付那些機器人，老師就繼續拖住人類士兵的腳步。」

「交給我吧。還有喔……你們都經歷實戰，已經稱得上像樣的騎士了，這叮嚀或許只是多餘……覺得危險就不要勉強，趕快撤退喔。」

「明白。」

「那就上吧！」

繼繼展現速度，碎城展現力量。

他們各自的伐刀絕技已經累積到威力最上限，各自奔向衝入我軍戰列的〈EDY〉。緊接著——

「〈黑鳥（Black Bird）〉!!」

「〈蓄銳之斧（Crescendo Axe）〉!!」

他們一擊擊碎了〈EDY〉。

〈EDY〉的確強大。

大部分魔法騎士都拿這些機器人沒辦法。

但是，這兩人的等級是C級。C級在聯盟標準中已經十分特別，只要一名C級騎士就能左右戰局。人數只占全體魔法騎士的百分之十。

尋常魔法騎士無法和他們相提並論。

這一次保衛戰，學生騎士基本上都在後方待命，只有C級以上會按照條件，分配到前線作戰。

兩人就是其中一員。他們接連攻向〈EDY〉，在各處展開激烈打鬥。

由於防衛陣線陷入混亂，已登陸的美軍再度向前進攻。

雙方展開激戰，互不相讓。

然後——

戰況一一傳進司令室，也就是〈綜合作戰中心〉。

「海岸線的第一防衛線與美軍展開衝突！正在交戰！」

「魔法騎士部隊成功壓制〈EDY〉，但已造成空防漏洞。」

「航空自衛隊陷入苦戰！敵軍逐漸奪走制空權！」

「第一防衛線遭到空襲！第三戰車連隊，受害極大！」

眾多軍方高層被召集到東京分部〈綜合作戰中心〉。其中一人是陸上自衛隊的頂頭上司，陸上幕僚長淺見。他光禿禿的頭頂浮起青筋，開口咆哮。

「喂喂喂，航空自衛隊在幹什麼！振作點啊！」

「吵死了！隊員沒有錯！〈聯盟〉嚴格縮限空中戰力，我們本來就只能勉強保持戰力！」

航空幕僚長井坂把帽子摔到地上，回以怒吼。

「想找藉口啊！」

「你說什麼!?」

「你、你們冷靜點……現在內訌也無濟於事啊。」

「防衛大臣說得沒錯。」

眼看兩人要吵成一團，防衛大臣趕緊出聲當和事佬。嚴也在一旁附和。

加入〈聯盟〉的確限制了日本軍事擴張，但現在批判制度沒有任何意義。更何況——

「我們面對敵軍空中戰力尚有對策。我方放出的箭差不多觸及目標了。」

嚴在〈綜合作戰中心〉宣告。同一時間，美軍的航空母艦伊利諾伊號，從遙遠的東京灣外海不斷展開空中攻勢。伊利諾伊號的甲板忽然間發生大爆炸。

大批戰機原本已在甲板準備出擊，全數爆炸。

美方艦隊司令官見狀，不由得著急起來。

他們原本編派充足的防空戰力來執行作戰，正徹底壓制航空自衛隊的攻擊。

怎麼會發生這等異狀？

伊利諾伊號的艦隊司令官聯繫周遭鎮守的防空艦，確認狀況。

『有敵人來襲!?』

『呃、不，從本艦完全看不見敵人。』

『少說蠢話！沒有敵人進攻，戰機怎麼可能自己爆炸！』

『但是我方已經完全掌握制空權！根本看不到任何敵影——』

與防空艦的通訊驟然中斷。

負責防守伊利諾伊號的防空艦艦身突然變得跟起司一樣，開了無數大洞，隨即爆炸。

——毫無疑問，是日本的攻擊。

太平洋艦隊的將士將伊利諾伊號的慘狀歸咎日本。

他們不得不承認。

但是，無聲無影，也不見彈道，攻擊究竟從哪裡來？

無形恐懼干擾太平洋艦隊的指揮系統，陷入混亂。

從日本方面看來，這景象簡直滑稽。

因為進攻的日方戰力**理所當然地存在於**伊利諾伊號上空。那是一架中型的高速直升機。

D級學生騎士・日下部加加美坐在直升機上，觀察美軍的慘狀，驚呼連連。

「哇喔，他們真的看不見耶。桐原學長真行啊。」

她向上望。

那男人和她一樣，站在敞開的直升機機門前，俯視下方。

長相端正，雙眸蘊藏冷酷光芒。

他是擁有〈獵人〉之稱的C級騎士，桐原靜矢。

桐原聽見這稱讚，冷哼一聲，並沒有特別高興。

「廢話，那就是我的能力。」

桐原的能力為概念干涉系〈透明〉。

不只能將特定對象的模樣變透明，難以察覺，甚至可以隱藏對象發出的所有訊息，例如氣味、氣息、聲音。形同完全迷彩的效果。

桐原的〈透明〉能力完全隱藏他們的行蹤，無從探查，美軍才無法發現他們。

「可是，真讓我嚇一跳。〈獵人之森〉(Area Invisible)還能把自己以外的人事物變透明呀。」

「能力是越修練越強，不過我直到最近才能做到這個程度。總不能老在原地打轉。」

「而且這能力還能躲過攝影機跟雷達。選拔戰那時候用攝影機明明拍得到呀？」

「要躲鏡頭，我本來想躲就能躲。」

「是嗎？那時候怎麼不用？」

「比賽場上看不見人影，觀眾會覺得很無聊。這是服務粉絲。更何況，我不能忍受影片拍不到我的英姿。」

「唔哇，學長**就是這種人**呢。」

© Wa

加加美聽了桐原的理由，不禁苦笑。

尷尬雖尷尬，實際體驗他的能力才知道，這能力果然很強大。

難怪桐原敢放話說自己是天才。

多虧他的能力，日本方才能如入無人之境，平安把**國內最強戰力**送到太平洋艦隊總隊的頭頂上。

「也難怪你有辦法把〈劍神〉黑鐵學長逼上絕境呢。」

「唔！不准提起那場比賽……！」

「呃，我很用力在誇獎你耶。」

「什麼〈劍神〉，蠢死了。那傢伙不過稍微走了點運，就被人大捧特捧，又是〈七星劍王〉又是〈劍神〉。看了就不爽。每個人都太看得起他了。那種只能變強一分鐘的能力……我明明比他強太多了。下次我絕對要用我的能力讓他一敗塗地……！」

「唔哇，個性好扭曲。」

加加美偏心一輝，前面那句話已經是她心目中最高級的讚賞，但桐原似乎不吃這套。

他還對那場比賽耿耿於懷。

當時他在大批觀眾面前，還沒有受到任何攻擊就嚇昏過去，一輝可說是讓他背了奇恥大辱，也怪不得他懷恨在心。

那場比賽以後，他的人氣直直落。

不過，加加美雖然覺得桐原性格糟糕，卻有他強大的一面。他在那之後沒有自暴自棄，反而把憤怒化為動力，修練到能透明化自己以外的物質或人。

「不聊了，準備下一發。日下部。」

「收到收到～」

桐原催促加加美，她也開始預備伐刀絕技。

她顯現自己的靈裝——護手刺劍，將魔力凝聚在桃銀色劍身——

「〈驟雨烈光閃（Million Rain）〉。」

「〈心象倍增（Raise up）〉！」

桐原舉弓對準下方航母，凝聚巨大閃光，施放魔法。

加加美的能力為〈加倍〉。

能夠增加物體數量。

桐原的箭附加了加倍之力，增為十倍——

箭矢炸開，宛如集束炸彈，化作千支以上的箭矢，飛向航母。

航母無從探查射擊，無法閃避。

不，別說是閃避。

航母**直到艦身處處都是洞為止，都沒有察覺攻擊**。

透明箭矢把甲板瞬間變成蜂窩。

巨大航母伊利諾伊號處處發生爆炸，卻並未沉船。

不過船艦變成如此慘狀，也無法維持航母的功用。

實質上已經無力再戰。

加加美盯著戰果，思考著。

「……結合我們的能力，居然能達到這麼顯著的效果。真虧黑鐵學長的爸爸想得到。」

沒錯。嚴親自指名D級的加加美上前線作戰。

他要加加美支援桐原，打擊敵軍船艦。

他肯定先得知加加美的能力，才有此發想。

「桐原學長原本就有名，他當然清楚學長的能力。可是我只是個新生耶？」

「日下部，妳曾在〈七星劍武祭〉頒獎典禮鬧事啊。」

直升機的其中一名乘客說道。那是黑乃——她透過〈時間加速〉，緊急返回東京。

桐原與日下部的主要任務，就是將這名日本方面最強戰力，直接送進敵陣中央。

「妳當時變出**複數個自己**，闖進那兩人的頒獎臺上。分部長應該是因為那件事對妳有印象。不對，那位長官可是記得所有魔法騎士的資料，不只是能力，連出身背景到家庭成員都記得一清二楚。就算沒發生那場鬧劇，他或許早就記下所有學生騎士的能力。」

「真、真的假的？」

「他對別人很嚴格，但是對自己更嚴格。他統領全日本的魔法騎士，默背那些資料，就能以最佳效率指揮所有騎士。我想他應該大致把握學生騎士的能力了。」

「這種**過度**努力的感覺，真像黑鐵學長。」

加加美心想，真不愧是父子。

就在此時——

「——呿。」

一旁的桐原望著下方，嘖了一聲。

順著他的視線看去，周遭全毀的防空艦正在啟動高射炮。

航母伊利諾伊號殘存的甲板也陸續出現人影，可能是〈ＥＤＹ〉或〈超能力者〉，正在仰望天空。

「他們打算亂槍打鳥。戰法真粗俗。」

桐原罵道，但他的側臉卻隱約緊繃。

他的完全迷彩〈獵人之森〉雖然能完美避開敵軍偵察，卻沒辦法讓攻擊穿透。

〈獵人之森〉的致命傷在於大範圍鎮壓攻擊。

眼看狀況有變——

「已經夠了，你們跟到這裡就好。和直升機一起回去。」

黑乃命令兩人撤退。

「可以嗎？還剩不少軍艦，我和桐原學長聯手，或許還能稍微擾亂一下。」

「嗄啊!?妳不要擅自決定！只要戰鬥存在百分之一的風險，就應該趕快溜啊！」

「桐原學長總是這麼膽小。好不容易變強了，至少讓我看看你的男子氣概嘛。我至少還能幫你寫篇好報導，挽回一下名譽。」

「我修行是為了不遭遇危險，才不是讓自己陷入危機！只有笨蛋才會往有風險的地方衝！我怕痛啊！」

「你這個性真讓人深感遺憾耶。」

「但是桐原說得沒錯。」

兩人爭吵不休。黑乃對他們說：

「對方是正規軍，而且還是〈大國同盟〉的實質領袖——美軍，擁有世界最強軍事能力。不可以大意。你們回到海岸，從上空支援我軍防衛線。那邊離國民更近，更重要。——這裡就由我負責。」

黑乃說完，直接跳下直升機。

於是——

「敵軍一定就在上空，只是我們看不見！他們可能用了某種能力阻礙感知！不過，只要布下密不透風的彈幕，看不看得見都無所謂！」

「全軍瞄準船艦上空，同時發——呃？」

艦隊司令官站在伊利諾伊號的甲板上，正要準備下達齊射命令，驀地僵在原地。

這也難怪。

不知何時，那名被視為日本方面最強戰力的女子，無聲無息，毫無前兆地出現在眾人中央、艦隊司令官的身旁。

黑乃在靜止不動的敵軍中央，拿出靈裝，單膝跪地，槍口朝下，抵住伊利諾伊號。緊接著——

「我不知道〈同盟〉或是美國高層在打什麼鬼主意，你們只是在不知情的狀況下任他們利用，我也是挺同情你們。如果不想因為無聊的原因橫死，就裝成溺死屍體，動也不要動。」她扣下扳機。

「〈死亡時鐘(Clock on death)〉。」

下一秒，黑乃的射擊命中航母伊利諾伊號，船體**瞬間腐朽**。

「「「哇啊啊啊啊啊啊啊啊啊啊啊啊啊！？！？」」」

船艦變成鏽鐵，碎裂、崩解，沉入海底。

伐刀絕技強制加速對象的時間，在短短一瞬間壽終正寢。

黑乃站在變成鏽塊的裝甲浮島上，環視周遭一圈——

——連續發射相同的伐刀絕技。

目標是防守航母的防空艦、驅逐艦群。

黑乃在短短不到一分鐘內，就將眾多軍艦全數葬送海底。

然後，她看準遠處的另一支艦隊，「靜止」海面，正要徒步奔過大海時——

「哈哈哈哈哈哈！Excellent!!」

「……！」

上空傳來厚實的嗓音，陰影落下。

這陰影非常龐大。

黑乃向上望去。

她的頭頂——一艘上下顛倒的純白戰艦飄浮在天空。不對，正確來說，那不是戰艦，而是一艘巨大航空戰艦。上方是航母甲板，船底呈現戰艦外型，全長超過五百公尺。

『一擊！只靠妳一個人，小小手槍的子彈，瞬間讓一艘正規航母與八艘驅逐艦，變成一堆廢鐵！而且，明明隨手就能讓機組員跟著『老死』，卻刻意限定影響對象，如此義舉，多麼令人敬佩！真是太優秀！太出色了！我欣賞妳。有魅力的反派（Villain），才值得英雄出手！』

雄厚的嗓音通過擴音器，從空中的航空戰艦傳進耳中。

黑乃不認得這嗓音，但她知道，合眾國內只有一個人能動用這艘航空戰艦。

全長超過五百公尺，基礎排水量十二萬公噸。

兩門主砲，三十門副砲，搭載約五百臺〈戰機型ＥＤＹ〉。

他擁有人類史上獨一無二的巨大靈裝。

〈超人〉亞伯拉罕・卡特崛起前，享有全美國，不，〈大國同盟〉最強之名的〈魔人〉——

「〈白鯨〉道格拉斯・阿普頓……！」

『白鯨？喔喔，老夫在你們那裡的稱號叫做白鯨呀。嗯，老夫還是比較喜歡美國這裡的稱號。〈飛空提督〉，直白有力呀！』

道格拉斯說道。他的「飄浮」能力讓船浮在天空。船底的戰艦部分設置兩門主砲，分別是兩門八十八吋強粒子加農炮。道格拉斯啟動炮臺。

瞄準下方小小的人影——

『妳看看！如此莊嚴的姿態！如此龐大的存在感!!

這就是老夫的靈裝，合眾國傲視全世界的軍事科技結晶——

超航空戰艦〈企業號(Enterprise)〉!!

面對這絕對優勢的正義，能掙扎就儘管掙扎！〈世界時鐘〉!!』

炮火發射。而這火力，絕對遠遠超出殺死一個人類的程度。

「〈世界時鐘〉與〈白鯨〉展開交戰。隱形作戰成功！」

「第一防衛線也在C級魔法騎士的奮戰之下，戰線逐漸推離陸地。」

「嗯……看樣子暫時撐過第一波攻勢了。」

「若是不慎放〈企業號〉登陸，首都防衛系統不可能招架得了。」

〈綜合作戰中心〉的巨大螢幕播放出黑乃與道格拉斯戰鬥的景象。〈企業號〉主炮造成龐大的水蒸氣爆炸，白煙冉冉；黑乃身處戰鬥中心，卻是毫髮無傷。她威風凜凜的模樣，令在場所有人放下心中的大石。

◆◇◆◇◆

本次首都防衛戰的關鍵，在於阻止〈企業號〉登陸日本本土。

毫無疑問，道格拉斯・阿普頓的確是世界首屈一指的伐刀者。

靈裝〈企業號〉不但有持有者的實力加持，還經過美國軍事科技大幅強化。在現存靈裝中，擁有最龐大的重量與體積，是一艘徹頭徹尾的怪物。

其攻擊力也媲美怪物等級。地下都市上方至少設置十二層地層型裝甲，但在兩門八十八吋強粒子加農炮面前，大概形同紙張。一炮直接貫穿到最底層，造成大批都民傷亡。

換句話說，〈企業號〉一旦登陸本土，日本只剩「無條件投降」一個選項。

所以嚴寧可中斷九州作戰，把黑乃叫回東京。〈鬥神〉、〈夜叉姬〉都不在日本，國內只有黑乃能與道格拉斯一戰。

幸虧下了這個決定，總算將戰況拉回五五波。

問題就是接下來該如何行動。陸上幕僚長淺見站起身，提議道：

「很好！就繼續將陸上自衛隊的戰線往前推，繼續追擊！那些蠻夷膽敢踐踏日出處之國的國土，就一個都別想活著回去！」

「沒這個必要。」

嚴當下否決這個提案。

「分部長，為何不趕盡殺絕！這是大好機會呀！」

「這麼大規模的防衛線一開始行動，就很難重新編隊。別忘了，這次是首都防衛戰。多達五千萬民的東京都民，都在防衛線後方不遠處。」

「唔……！」

「戰爭的型態至今始終隨時代改變。唯一不變的，就是一場戰爭的勝敗，取決於伐刀者的力量。〈世界時鐘〉、〈白鯨〉都有能力單槍匹馬翻轉**戰爭本身**。我們現在應該專注於防守，靜待〈世界時鐘〉與〈白鯨〉的戰鬥落幕。萬一她平安贏得勝利，後方卻全軍覆沒，到時可沒臉見她。」

「……的確。」

五千萬名都民就在防衛線後方。

淺見不甘願，卻不得不承認嚴說得對，坐回座位。

——總而言之，目前已經按照設想建立防衛線。

嚴反駁淺見之後，閉眼思考。

這條防衛陣線不會輕易覆滅。

後方也持續引導都民前往避難所，目前尚無問題。

這樣一來，最後需要掛心的反而是九州。

〈大炎〉播磨天童。

他的威脅依然存在，時刻危及九州人民的性命。

不久前，他才剛接到報告。九州北部發生日本氣象觀測史上最嚴重的暴風雪。

其規模仍然無限擴大，逐漸擴展到難民所在的南部地區。

天童行動了。

根據氣象廳計算，估計明天就會因為難民體力下降，從傷患以及病人開始出現死者。

……真想處理那邊的問題。

嚴當然想介入，但缺少黑乃，現有戰力仍然很難與天童抗衡。

雖然諸星有辦法傷到天童，但只有一支箭有殺傷力，還是令人不安。

至少兩支、貪心一點到三支箭，有辦法射穿天童的心臟，或許還能想點辦法。

但終究只是空想。

——聯盟的援軍抵達之後，或許戰況能有所改變。但是合眾國大動作進攻，難保聯盟方面不會遭受同盟攻擊。即使同盟方面不夠戰力進攻，也可能會設下封鎖線，阻止聯盟增援。

〈白翼宰相〉的〈蒼天之門(Divine gate)〉可以在國家間瞬間移動。但是日本的位置幾乎在地球的另外一邊，不在〈蒼天之門〉的可到範圍內。這樣一來，不知道援軍何時才會抵達日本。

又或者期望〈鬥神〉南鄉寅次郎提早回到日本。合眾國宣稱已捉住總理，南鄉卻尚未現身……合理懷疑他可能遭遇某種困難。

——九州方面的傷亡果真必不可避？

就在嚴思考如何處理九州問題——

『黑鐵分部長，九州的海江田先生發出通訊，說是有急事要向分部長報告，現在是否能接通？』

九州就這麼剛好有人來訊。

「海江田先生……？急事是指？」

『據說是他們想到辦法，只靠九州當地現有戰力擊敗〈大炎〉。』

「！」

司令官席附近的螢幕顯示通信士傳來的報告。

海江田是日本代表性的資深騎士。

嚴信任他的品德。

而嚴擔任分部長期間，也和海江田共事已久，海江田很了解嚴的脾氣。

自己正在處理東京防衛事宜，海江田不會為了可行性太低的辦法打擾自己。

他會開口，想必有其根據。

既然如此——

「我明白了，接過來。」

他想聽聽看。

對方或許找到自己未尋得的答案。

嚴想到這裡，下達許可。

通信士接到許可，便在嚴的螢幕顯示九州來的通訊。

通訊視窗顯示海江田的身影，以及——

『分部長，非常感謝您在應對美軍期間，抽空回應本次通訊。我就不耽誤太多時間，直接進入正題。本次作戰是由她發起，就讓她親自向您說明作戰內容。』

『不好意思，麻煩您了。』

一旁還有一名年輕學生騎士。

嚴認識這名女學生。

她之前曾與一輝比試，是南鄉大師的徒弟……B級騎士〈雷切〉東堂刀華。

海江田說是她，也就是一名學生騎士構思本次作戰。

嚴略感驚訝——

「請開始解說作戰內容。」

但他還是催促對方說明，決定聽完內容再決定。

◆◇◆◇◆

『——以上便是本次作戰內容。』

「…………」

嚴聽完刀華的說明，深深靠向椅背，閉眼沉思。

——由刀華提出的作戰內容。

天童歷經〈超度覺醒〉，一般攻擊手段難以擊敗他。而她構思了這個方法內容的確出乎嚴的預料。

「……天童經過〈超度覺醒〉，能將身體化作魔力。有兩種方法可以打倒他。

一是如同〈世界時鐘〉的〈粉碎時空〉，透過能夠抹消世界、時空本身的伐刀絕技，將天童連同他存在的空間徹底擊毀。另一種則是〈浪速之星〉的〈虎噬〉，以能夠攻擊魔力的〈伐刀絕技〉攻擊他。

我之前考量到剛才的前提，判定單靠〈虎噬〉無法打敗天童，才中止九州的作戰行動。

但是……就如東堂同學所言，還有一個直截了當的方法，可以打倒成為魔力化身的天童。那就是以比天童更強大的魔力攻擊，徹底消滅他。」

以靈裝劈開對方的魔法攻擊、施放魔力屏障承受攻擊等等，在伐刀者之間的戰鬥中並不稀奇。

其原理非常簡單，好比以鐵碎石，以更強的魔力擊碎對手的魔力。

原本要對付敵人的魔力化身，必須像〈粉碎時空〉，直接瓦解世界規律的基礎，或是如同〈虎噬〉，強制世界遵從使用者的意志。只要善用前述原理，沒有那樣強大的力量，也能對付魔力化身。

話雖如此——

這次要對付能夠引發天搖地動的〈大炎〉。

其魔力奇大無比。

想單純靠魔力硬碰硬，不可能打倒他。

我方是石頭，敵方是鋼鐵，根本無法匹敵。

搞不好變成我方被反將一軍。

更何況，天童能夠獨自引發天災，他的魔力，顯然勝過現在日本境內的任何一名騎士。這是鐵錚錚的事實。

所以，嚴一開始並沒有提到這個方法。不過——

「不過，我懂了。若是東堂同學的方法，的確有可能顛覆現有的戰力差距。」

刀華提議利用**某種手段**，彌補雙方的力量差距。

而且單靠九州現存的戰力，也可能執行這個手段。

但是——

『那就是說——！』

「但這方法建立在『可能性』上，而且成功的可能性微乎其微。」

嚴一口打斷刀華。

他盯著螢幕裡的刀華——

——這是怎麼回事？

嚴深感疑惑。

〈雷切〉在學生騎士之中赫赫有名。

她積極參與特別徵召，嚴非常了解她的品格。

這名年輕人才華洋溢，實力足以獲得B級稱號，前途似錦。

然而——

她這次提議的作戰內容，理論上的確可行，前提是需要投入大量一般民眾，也就是大量非戰鬥人員上前線。

以嚴對刀華的印象來看，難以想像她會提出如此危險的作戰計畫。

這計畫冒著極大風險，勝算卻微不足道。可說是有勇無謀。

海江田怎麼會對自己提出這麼驚險的計畫？

早在海江田得知計畫內容，就應該擋下。

他滿腹疑問，但他的答覆可想而知。

「先不論這計畫需要在極小的可能性賭上寶貴的戰力，還將一般民眾納入『戰力』，根本稱不上像樣的作戰計畫。〈聯盟〉以守護無力之人為宗旨，我做為〈聯盟〉高層，不可能允許這麼亂來的作戰內容。」

魯莽行事，只為了追求微小的可能性。

嚴最厭惡這種「毫無效率」的行為。

浪費有限的時間與資源，挑戰、追求超越自身實力的成果。

無論是對本人或是對周遭，都是徒勞無功。

適得其所。

將人才分門別類，讓每一個人都在能力範圍內盡力而為。

這麼一來，才能以最佳效率經營整個組織。

進而拯救更多的人類。

既然無人能戰勝天童，挑戰他這件事本身就是錯誤。

現在必須忍耐。

嚴依據黑鐵家灌輸的理念，做出判斷，否決刀華的提案。

然而——

『繼續待在這個地方，一樣危險。』

嚴駁回了刀華，刀華卻沒有退讓。

『現在這個地區的室外氣溫已經逐漸低於冰點。理事長——新宮寺小姐答應我們，會在三天內返回九州應戰，但照現在的狀況來看，體力較弱的人恐怕撐不過第二天，就會出現犧牲者。我……我不能坐視不管，眼睜睜看著同鄉死去！請讓我們戰鬥！』

『請恕我補充。』

海江田原本讓刀華負責解說，又接著開口：

『九州方面正在募集作戰需要的技術人才，並且準備相關物資。現在這個時間點，作戰預備工作大致上已經準備完畢。我認為只要您現在下達許可，明日上午就能擊敗〈大炎〉。』

「海江田先生……」

『……連〈白鯨〉都上了戰場，儘管新宮寺實力高強，也很難在三天內結束戰鬥。我希望多少減輕她的負擔。』

作戰預備工作已經大致準備完畢。

他們是以嚴會允許作戰的前提行動。

（不，既然如此……）

他們很可能在沒有許可的狀況下執行作戰。

海江田一向穩重，怎麼會自暴自棄？

或者是，他在這名少女身上看到什麼希望，他才冒險行事？

正當嚴不解的時候——

「恕我打斷一下，分部長。」

嚴的祕書在他耳邊悄聲報告。

他沒獲得許可就直接報告，很可能是內容極為緊急，或者事關重大，無法輕易公開。

而事實上——

「————」

祕書報告的內容，正如前述。

嚴聽完報告，雙手合握靠在額前，手肘撐在螢幕前，隱藏表情，不讓九州的騎士透過鏡頭，窺見自己動搖的神情。

「…………」

他思考著。

自己身為統領組織的首長，究竟該如何行事。

究竟該如何決策？

將適當的人才，分配到適當的位置，不勉強任何人。

正因為狀況緊急，更不應該勉強。這一點十分重要。

有時為了拯救更多生命，必須做出殘酷的選擇。

嚴身為長官，常保決心，為自己的決斷承擔責任。

絕不辜負〈鐵血〉之名。

然而，這份決心只限他個人。

他很清楚，並不是每個人都選擇這麼做。

機械是由一塊塊齒輪組合而成。但構成組織的，並不是硬邦邦的齒輪。

而是活生生的人類。

——日本順應美軍進攻，啟動衛星監視。而他剛才收到消息，衛星捕捉到另一支艦隊，正橫跨太平洋，朝東京而來。

是敵軍的第二波攻擊。

從艦隊前進速度計算，估計在明天上午就會抵達東京。

……第二波敵軍一抵達，東京灣的戰鬥就越來越難提前落幕。

九州的救援工作會越拖越晚。

九州的騎士撐得過這段期間？

他們將會置身地獄，眼睜睜看著周遭同胞接二連三死去。

答案可想而知，他們不可能撐得下去。

包括刀華在內，當地還有許多騎士的故鄉就在九州。

他們肯定會失控。

明知道結果，卻阻止他們的行動——

（黑鐵嚴，你當真認為這個選擇夠妥當？——）

嚴冥思苦索，以全軍統帥的身分，試圖摸索最佳解答。

他難得思考了許久。

接著，他打破沉默。

「……就在剛才，我方探測到美軍第二波攻勢，正在橫跨太平洋。」

他告知方才收到的內容。

『什麼！那不就——』

「逼不得已，只能延後九州的救援行動。」

刀華和海江田的神情頓時焦急了起來，隔著螢幕仍然一清二楚。

『這、這怎麼行！那更應該讓我們——！』

「只因為等待救援很危險，就冒險挑戰極小的勝算，只是自暴自棄。我不能允許這麼魯莽的舉動。」

『……！』

「所以，我希望妳回答我，你們並不是自暴自棄。」

『咦？』

「理論上，東堂同學的作戰計畫確實能殺死天童。但說到底，真正執行作戰的人是妳，妳如果贏不了天童，一切都是枉然。不，不只是枉然。大批民眾原本老實等待就能得救。妳的失敗很可能害他們送死。我希望妳認知到這份責任，回答我……**妳**背負著當地所有人民的生命與未來，妳能肯定地說，自己贏得了天童？」

嚴質問道。

刀華提出讓人民暴露在危險下的作戰，她自己的決心有多堅定？

只要她的答案多一分含糊，就絕不能交給她負責。

這也是為了刀華好。

她還是學生騎士，這份責任對她來說太沉重。

嚴屆時打算改由海江田執行這場作戰。

海江田的能力和刀華相同。

理論上，海江田也能執行作戰。

刀華面對嚴的審視──

『很遺憾，我沒辦法打敗天童先生。』

卻給了一個讓嚴大感意外的答案。

她沒有強而有力地肯定，也沒有逞強，甚至沒有拿可能性當藉口，而是直接否定。

但她否定之後──

『我一開始也認為，我一定要打敗他。我是騎士，一定要保護大家……當時大概是被逼急了。可是，我根本做不到，怎麼做都沒辦法超越自己的極限，什麼也辦不到。我很弱，我比自己想像的弱多了。所以──』

刀華堅定地**微笑**──說道：

『不該由我背負大家的性命，而是要請大家協助我。』

「……！」

『現在所有待在這裡的人都在戰鬥。盡自己所能，盡心盡力。就在我自亂陣腳、哭天喊地的時候，他們也一直在戰鬥……只要請這些堅強的人借給我力量，一定能辦到任何事。我打從心底這麼認為，所以，請讓我重新回答您剛才的問題。

我們一定贏得了天童先生。

我對此深信不疑！』

「────」

話裡沒有半點遲疑。

雙眸的光輝充滿信心，沒有絲毫膽怯。

這抹光輝──

「是嗎？我明白了。」

© Won

足夠支持嚴下決策。

刀華並非自暴自棄，而是展現自己的信心依據。

既然如此，自己也該以統帥的身分回應她。

「〈綜合作戰中心〉允許本作戰。從現在這一刻起，〈綜合作戰中心〉將承擔作戰產生的所有損害。你們就按照自己的規劃行動。」

『非、非常謝謝您!!』

刀華聽見等待已久的答覆，神情發亮，轉身面向海江田。

『我馬上去通知其他人！』

『好，交給妳了。』

她口中的其他人，應該就是海江田剛剛提到的，那些募集而來的民眾。

他們可能就在房外等著。

刀華志得意滿，正要走出房間——

「東堂同學。」

嚴在她離開前，叫住了她。

「妳似乎相當看輕自己。但妳獲得了B級的評價，代表聯盟認定妳在國家存亡之際，能夠一肩背起同等職責。聯盟相信妳的力量。好好加油。」

『……是！我也相信著大家！』

嚴鼓勵刀華。她這麼答完，隨即跑到螢幕之外。

海江田側眼目送刀華離開，獨自向嚴致謝。

『非常感謝您下達許可。這場豪賭是否違背分部長的原則？』

「我不允許作戰，他們還是會失控。既然無法避免一般民眾上前線，至少讓他們隨時間耗損體力之前行動，比較合理。更何況……我並不認為，這次決策危險到要用『賭博』來形容。」

嚴之所以這麼認為，有其原因。

那就是刀華剛才回答時的眼神。

眼神裡沒有顧慮，沒有遲疑，直率地想挑戰眼前的困難。

嚴非常熟悉那眼神。

刀華的眼神非常像自己的兒子。自己因為兒子能力低劣，打算剝奪他的騎士之路。但兒子仍然努力不懈，一心一意，專注地在庭院揮劍。

自己，他人。

儘管相信的對象不同，那眼神——

「只有能夠跨越命運的人，擁有那種眼神。我可以相信她的眼神。海江田先生應該也有同感，才將執行的重責大任交託給她。不是嗎？」

◆◇◆◇◆

「各位！分部長下達許可了！請各位立刻準備作戰！」
刀華奔出會議室，對外頭的人說道。有幾十個男人都在會議室外等待結果。
他們都不是伐刀者，但他們贊同刀華的作戰。
眾人聽見政府允許作戰，激昂地歡呼，彷彿臨戰前的長嚎。
「「喔喔！」」
「好極了！要大幹一場啦！」
「外面很冷。只穿工作服撐不了十分鐘！記得包滿防寒衣物再出去！」
「要怎麼串聯其他避難所的同伴？那麼嚴重的天災，北部的通訊設備應該都掛了。」
「自衛隊說會幫忙聯繫。」
「軍用無線電！好耶！我早就想用一次看看啦！」
這群男人馬上快步移動，準備推動作戰。
刀華望著他們的背影，不禁回想。
嚴剛才這麼說過。
——大批民眾原本老實等待就能得救，妳的失敗很可能害他們送死。
這是事實。

雖然不會讓他們直接參與戰鬥，光是接近天童就已經夠危險了。

屋外的暴風雪漸漸劇烈。

宮崎就已經冷成這樣，天童所在的暴風中心——福岡恐怕更嚴重。

儘管危險，他們仍然聚集在此。所以——

「各位！若不是各位願意參加這場危險的作戰行動，我一定沒辦法說服海江田先生！謝謝各位願意回應我，非常謝謝你們！」

刀華鞠躬致謝。

她太想道謝了。

想在他們少了任何一個人之前，向他們表達謝意。

在場的男人聞言——

「騎士小姑娘，我們才要謝謝妳啊。」

他們說完，晒黑的臉龐露出溫和的笑容。

「謝謝妳願意依賴我們。」

「咱們的工作是『建造城鎮』，莫名其妙把咱們的作品毀得亂七八糟，俺可是氣瘋了哪。只是順便啦！」

「我家的孩子體弱多病……這種天氣繼續拖下去，難保他不會出事。假如有我能做的，我當然想一起戰鬥。是妳給了我們戰鬥的機會。我很感謝妳。」

「咱們的鬥志一定會傳達給小姑娘。剩下就要拜託妳啦。」

「……好！請各位小心！」
刀華揮手，目送眾人離開。
並且深深感受到，那些寬大的背影就是如此可靠。

他們一定辦得到。
為了自己，為了家人，為了自尊。
人人抱持不同理由，挑戰眼前的威脅。
既然如此，自己也要盡力達成任務。
刀華靜靜地下定決心。這時──
「呦，刀華，妳想到有趣的點子，對吧？」
語帶調侃的嗓音傳進刀華耳中。
這聲音十分耳熟。刀華回過頭去。
「諸星同學──跟，咦咦!?」
大吃一驚。
她不是訝異諸星在場。
而是看到諸星身旁的男人，嚇了一跳。
「為、為什麼，倉敷同學會在這裡!?」

〈劍士殺手〉倉敷藏人跟在諸星身旁。他原本應該在東京。

諸星見刀華那麼吃驚，答道。

「是我叫來的。這裡玩起來比較有趣嘛。」

「叫來的!?那邊現在應該召集所有騎士了呀!?」

「沒差沒差，這傢伙就算現在乖乖聽話，也改不了別人對他的爛印象啦。」

「干你屁事。」

藏人往諸星的小腿一踢，但諸星毫不在意。

「事實上，的確沒事啦。我是按照黑鐵老爹的方針行事。那老爹如果直接見識過天童，一定會做出相同判斷。」

他自信十足地斷言。

「是、是這樣嗎……？」

擅自把人找來，真的沒問題？

但刀華自己若是得不到嚴的允許，恐怕也會擅自行動。自己沒資格指責諸星。

「之後的事之後再煩惱。現在比較要緊。東堂，妳也不打算繼續龜縮吧？」

刀華聞言，用力點頭。

「……這是當然的。」

「我也是。沒有勝算，能退則退，很正確。

為了拯救更多生命，不得不捨棄某些人的生命。這也是事實。

但是——我管他吃屎。

救不了眼前人，算什麼鬼騎士。

一個保不了眼前人的廢柴，哪有辦法保護更多生命。

既然有可能保護別人，就要卯足全力。

我接下『第一支箭』跟『第二支箭』的份……東堂，妳就是『第三支箭』。

我會好好拖住那傢伙，妳就趁機做足準備。雖然我搞不好兩三下就被打趴了，哈哈。」

諸星說著，朝刀華伸出拳頭。

……刀華不懂諸星葫蘆裡賣什麼藥。

但她知道，自己從未打贏眼前的青年。他的優秀可見一斑。

乍看之下豪爽又不拘小節，卻時時刻刻冷靜沉著。

絕不勉強行事，卻也毫不膽怯。

該進則進，該退則退。

這個男人的任何行動都有意義，有動機，也一定會帶來結果。

現在唯一曾和天童正面打鬥的人，只有諸星。

他或許在面對天童的過程，找到了微小的勝算。

沒有人比諸星更可靠。

「……那就麻煩你了。」

刀華伸出拳頭，碰了碰諸星的拳頭。

於是，眾多人馬開始行動，準備聯手打倒〈大炎〉。

第七章

兩場大戰・〈大炎〉討伐戰

自己在作夢。

一看到這片寂寥的景色，他馬上就明白了。

當然了。自己早就沒了眼睛，不可能看到景色。

岩石，風，雪，瓦礫——以及屍體。

眼前的情景是回憶，是自己獲得「恩寵」的那一天。

他慢一步撤退，被大陸的軍隊抓走，天天遭受拷問。

他只能每天疼痛、瑟縮，向上天祈禱。

救救我。

求求祢，救救我。

但是——

祈禱的盡頭，敵人、戰友全都喪生，只剩自己存活在那片死亡雪原上——

『啊啊、啊啊啊啊啊啊啊………………!!』

自己痛哭失聲。

上天的「恩寵」拯救了自己。

在一如往常的拷問時間，救贖到來。

絕對零度的暴風雪以自己為中心爆發開來，將敵人全數凍結、粉身碎骨。

然而在這個時間點……一同被捉的戰友，早已全數喪生。

明明他們和自己不一樣，他們有父母、妻子、家人。

上天卻只拯救了舉目無親的自己。

……究竟是為什麼？

為什麼上天只拯救他？

為什麼自己沒能更早獲得「恩寵」？

只要再早一天，不，再早上數小時，或許還有夥伴活下來。

為什麼，只有自己一個人──

夢中的自己無法忍受，無法承受，親手挖出自己的雙眼。

接著，他問道。

上天啊。

祢讓軟弱的我活下來，究竟想在我身上追求什麼？

就在此時。

他雙眼盲目，視野分不清前後左右，只看得到一片漆黑，他卻忽然感覺到光芒。

光芒有如星光閃爍，遙遠，卻又多到難以計算。
直覺讓他明白。
這光，是人。
是人的生命。
這些光芒在看不見任何事物的視野中，顯得非常溫暖、惹人疼愛。
然而——
同一時間，他也發現自己周遭沒有任何光芒。讓他深深體會到，自己犯下無法挽回的錯誤。
全是因為自己太軟弱。
他只祈禱自己能獲得救贖。
只能怪自己這麼自私，才沒辦法在同伴逝去之前獲得「恩寵」。他只救了自己。
……自己不值得被原諒。
所以，他必須贖罪。
逝去的人事物，無從挽回。
他只能盡力守護這些存在於世的小小光輝。
不讓世上的惡意——永夜吞噬那些光芒。
他知道方法。
祈禱的盡頭，存在著「恩寵」的力量。自己掌握了通往力量的路徑。若是有堅強的人願意為他人祈禱，為了他人超越自身——那他必須將路徑告訴擁有英雄資質的那些人。

避免下個世代的年輕人，像自己一樣抱憾終生。

當他們想要守護珍視的一切，帶領他們獲得力量。

自己會成為跳板，引領他們走向上天的「恩寵」。

沒錯，自己之所以能苟延殘喘，全是為了這個緣故——

◆◇◆◇◆

福岡縣福岡市。

暴風雪宛如颱風，氣旋不斷擴張。而在暴風雪的中心點——

存在一個半徑一百公尺左右的空間。這空間宛如颱風眼，無雲無風。

天童就在這裡。

地震震毀的瓦礫，鋪成了平原。

山脈化作土石崩塌，而他就睡在在崩毀的山脈上。

「…………」

接著，他醒了過來，甩了甩頭，彷彿想甩去睡意。

「我竟然睡著了。」

算了算時間，自己大約睡了半天。

天童靠皮膚就能察覺，天亮了。

……作了一場令人懷念的夢。

天童心想，自己最後一次在夜裡作夢，究竟是多久以前了？

應該是自己歷經〈超度覺醒〉之後，但他已經不記得詳細時間。他的大部分肉體已經不是人類，不再需要睡眠。

所以他待在那座冰霜監獄的時候，始終保持清醒。

他就在監獄裡，看著光芒在世界上來來去去。

欣賞光芒比作夢更有意義、更有趣。

但是，今天卻不一樣。

他作了夢，作了自己的起點之夢。

為什麼現在才突然作起夢——

「嗯…………？」

天童深入思考問題之前，察覺周遭起了變化。

在天童不分前後左右的主觀世界。

代表人類性命的光輝，忽然開始蠢動。

數十萬、數百萬的光芒，走向狂風肆虐的暴風雪中。

其中一部分光芒甚至來到天童的幾公里外，距離非常近。

他們到昨天為止，明明接連渡海，打算逃向往更遠的南方。

他們究竟在盤算什麼？

做出這麼危險的舉動，到底在想什麼？

他不知道，不過——

「太莽撞了。」

天童嘆息。

從光的大小判斷，現在四處移動的人類都不是伐刀者。

沒有力量，卻打算行動。

只是魯莽行事。

接受試煉者，必須擁有相應的能力，否則毫無意義。

微小的星光沒有能力照亮黑夜。

驅走永夜，需要更亮眼的巨星光輝。

也就是引導時代的英雄。

無論是做為考驗的自己，還是自東方逼近的永夜，隨手就能吞掉那些微弱光芒。

徒勞無功。

必須讓她明白——他們只是在白費功夫。

儘管那名尚未成熟的英雄，仍然無助地顫抖著。

「天災〈崩天萬雷〉。」

天童高舉〈天叢雲劍〉，在颱風眼的上空製造雷雲。

雷雲融入颳起暴風雪的渦雲之中，賦予其雷之力。

足以凍結一切的飛雪，加上風雷的打擊，能夠輕易吹熄那些生命之火，殺死現在在九州蠢動的人們。

又或者是──

「都搞了這麼一大票，還有這麼強的魔力。你這老頭真是嚇死人啦。」

一旁的強烈光芒在微光熄滅之前，逐漸接近。他可以寄望那些強光驅走自己帶來的黑夜？

◆◇◆◇◆

「我記得你，當時是你帶著刀華小姐跟同伴逃走了呢。」

諸星雄大和倉敷藏人穿越暴風雪的暴風圈，爬上瓦礫山。

天童凹陷的眼窩望向兩人，開口說道。

他知道，有兩道耀眼的強光正在接近自己。

「──！」

藏人第一次面對天童，瞬間感受到一股重量壓住了自己，彷彿有塊巨石壓在雙肩上。

眼窩內側散發的魔力。

周遭荒涼的景象。

以及現在這一刻仍在蹂躪九州的天災。

竟然全是出自這名宛如老樹枯柴的老人之手。

他的實力不尋常。

可說是貨真價實的怪物。

藏人聽諸星說這名對手自己放棄當人。他現在明白，那句話並不是在開玩笑。

同時——他也感到非常有趣。

「也說不上好久不見。我叫做諸星。建議你記清楚這個名字。因為我會把你送進地獄。」

「……這邊這位是？他散發很強的敵意。」

「他是我的小弟。你不用太在意他——」

藏人不等兩人對話完。

他直接撞開諸星，當作廢話的報復，衝向天童——

兩把白骨太刀化作蛇顎，施以瞬間四連斬。

「〈蛇咬〉!!」

然而刀刃揮空了，沒有撕裂人肉的觸感。他原本衝上前想狠撞敵人，卻直接穿過天童的身體。

「穿透身體了？」

對方並非如同〈天衣無縫〉，卸除了攻擊。

藏人深知其技巧，他馬上就明白了。

碰不著敵人。

剛才的手感的確是——

「呆子！我不是告訴過你，你碰不到那老頭！居然想也沒想就衝過去！」

諸星高聲抗議藏人的舉動。

……他好像說過這麼回事。

藏人茫然地心想。

但他討厭諸星，根本沒在聽他說什麼廢話。

「哈哈，是位意氣風發的青年。太出色了。」

天童拍手讚賞藏人勇猛果敢的舉動。

「我太開心了，很慶幸後世還有你們這些可靠的年輕人。讓我感覺自己參與那場戰爭，並沒有白費。我想讓出色的兩位也接受上天的考驗，希望你們能在考驗裡獲得『恩寵』。」

「……！」

藏人的直覺頓時驚覺危機將到。

〈神速反射（Marginal Counter）〉，他超人般的反射速度順從直覺，當下拉開與天童的距離。

下一秒，天童掀起龐大漆黑魔力──

「〈黑龍蜷蜿〉。」

魔力掀起氣旋，化作龍捲風直衝雲霄。

黑色龍捲風捲起瓦礫與岩石，在天童周身高速旋轉，保護著他。

「來，我重現上一次的狀況。既然你再次來到我面前，應該是想到方法化解了。讓我看看你的點子。」

天童口中的上一次，就是諸星在墓園第一次對付他的時候。

諸星聞言，卻是一陣乾笑。

什麼重現。

這次周遭到處都是瓦礫，龍捲風捲起的阻礙簡直比上一次多十倍。

諸星上一次就沒辦法突破龍捲風，更別說這一次。

雖然他沒辦法──

「〈劍士殺手〉，準備好了沒？」

他之所以帶倉敷藏人過來，就是為了這玩意。

諸星再次確認。藏人則是咧嘴露齒──

「少在那裡假關心，噁心死了。老子早就備戰完畢。」

藏人吼道，握緊雙手靈裝。

他用背影催促諸星。

諸星也回應他──

「〈虎噬〉……！」

諸星發動破壞魔力的伐刀絕技──

「附魔(Enchant)!!」

用金色光芒裹住藏人的靈裝〈大蛇丸〉。

◆◇◆◇◆

機車一路奔馳在宮崎通往福岡的公路上。

諸星坐在機車後座，告訴藏人關於天童的資訊。

『我還搞不懂原理，但那個叫做天童的老頭把身體變成魔力，攻擊會直接穿透過去。所以你直接進攻，還是摸不到他半根毛。』

『……你用能力的話，那根本沒差吧？』

『是啦，可是我的反射神經擋不住天童的飽和攻擊。沒辦法靠近他。』

『沒用的廢物。』

『嘎啊!?』

『我說實話而已。』

『～～～～！』

藏人感覺身後人掄起拳頭。

想揍就揍看看。藏人譏笑道，但諸星忍住揍人的衝動——

『對啦，是事實。』

他承認自己能力不足，並且繼續說：

『……我摸得到對方，但擋不住攻擊。你擋得住攻勢，但打不中。都是事實，沒辦法改變。但我們得想辦法扭轉現實。我只剩下一個法子。』

『要幹麼？』

『我把〈虎噬〉賦予在你的〈大蛇丸〉上頭。』

『嗄啊!?』

藏人聽完諸星的策略，回了一句接近怒罵的問號。

諸星的點子簡直亂來，完全顛覆伐刀者的常識。

『慢著，你的能力是破壞魔力吧？你這麼搞，不會直接吃掉我的〈大蛇丸〉？還是……你有辦法在別人的靈裝附著自己的魔力？』

『沒辦法，你還是會被吃掉。』

『我宰了你。』

『可是你撐得住吧？上次那場模擬戰不就玩過一次？』

『……！』

『你的靈裝可以自由伸縮，撐住〈虎噬〉的效果。只要你頂得住，我就有辦法在〈大蛇丸〉上賦予魔力破壞。這種狀態下，你的攻擊就能傷到天童——說得直接點，就是要你一邊被吃靈裝，一邊砍死天童。很單純，一點都不複雜。』

是不是很簡單？諸星說道。

對方的樂天想法簡直讓人火大。

『混蛋，被吃的又不是你……』

藏人的〈大蛇丸〉的確千變萬化，實際體型比外表巨大得多。

稍微砍斷、吃掉一點刀的尖端，還是能繼續打鬥。

但不代表藏人完全不會受傷，他只是靠著強悍的意志力壓抑影響——

『什麼啊？你對自己真沒信心。』

『嘎啊!?』

『是喔，堂堂〈劍士殺手〉倉敷藏人，居然會因為痛個兩三下就屁滾尿流。那算我選錯人了。』

『誰說我怕了!?』

對方的挑釁激起憤怒，瞬間炸飛口中的怨言。

藏人中了挑釁，答應諸星的作戰計畫。

『要幹就來啊！你敢拖慢我的腳步，老子還不宰了你！』

『好啦……我才要拜託你撐住咧。你掛了，我也死定啦。』

『怕的話，就給我好好賦予再躲廁所，膽小鬼。』

藏人直接反嗆回去。

不過，諸星並沒有繼續挑釁，語氣沉靜如水——

『……我明白自己背負多大的風險。假如你有個萬一，我也不打算悠哉地活著逃回家。』

他靜靜展現自己的決心。

◆◇◆◇◆

魔力破壞的伐刀絕技〈虎噬〉，理所當然地吞吃魔力形成的〈靈裝〉。〈大蛇丸〉的刀身以可怕的速度開始潰散。

但是藏人靠著強悍的意志力跟自己的能力，以超越潰散的速度伸長刀身，維持刀的形狀。

其模樣，彷彿大口吞食敵人與自身的大蛇——

「就命名為合體絕技〈貪食大蛇(Ouroboros)〉。好啦，大幹一場吧！」

「不准指使我!!」

藏人很清楚，**各種意義上**他都在跟時間戰鬥。

他怒罵著，同時朝瓦礫地面用力一蹬。

接著奔向盤旋的漆黑龍捲風，從側面使勁一跳——輕易突破無數石塊瓦礫形成的濁流。

「喝哈——!!」

「什麼!?」

天童靠著視覺以外的所有感知，察覺藏人毫不停歇，直接穿越〈黑龍蜷蜿〉，抵達自己身邊。他很疑惑。

究竟發生什麼事？

為什麼他有辦法攻破〈黑龍蜷蜿〉——這陣由暴風與瓦礫組成的飽和攻擊？

天童無法釐清狀況。

但他沒有時間思考。

「唔！」

天童化作雲霧，乘著〈黑龍蜷蜿〉的上升氣流，飛向空中。

他沒多久就飛到四百公尺上的高空，再次與藏人拉開距離——

不、是他想拉開距離——

「跑個屁呀!!」

「什……!?」

下個剎那，天童不禁語塞。

藏人跳進氣旋之後，發現天童向上逃竄，便踩上在四周迴旋的瓦礫，**沿著龍捲風衝上天空**。

「〈崩天萬雷〉!!」

眼看無翼大蛇朝天空狠狠咬來，天童降下如雨的雷電，意圖擊落大蛇。

但是藏人仍在前進——不，是持續升空。

「弱啊！這攻擊弱斃了，老不死!!〈蛇咬〉——!!」

藏人舉起〈貪食大蛇〉，一斬擊碎所有落雷，繼續奔上天際。

落雷沒有任何空隙，如同機關槍一樣連發。

一般人不可能有辦法應付。

但是——藏人並非一般人。

他擁有上天的恩賜，與生俱來的才能。

他的反射神經遠遠超越常人。

〈神速反射〉。

藏人的動態視力與反應速度十分卓越，一般人做一個動作，他能在那倏瞬之間做出無數行動。

在他眼中，〈黑龍蜷蜿〉捲起的瓦礫和階梯沒兩樣，〈崩天萬雷〉的雷電也只是惱人的直線攻擊。

撐過這點攻擊易如反掌！

「喝啊!!」

「唔嗯！〈雷身轉移〉……！」

藏人終於來到能窺視彼此表情的距離，他伸長〈貪食大蛇〉，攻向天童。

天童則是施展伐刀絕技，化身雷電，以電光的速度躲避攻擊。〈黑龍蜷蜿〉的龍捲風離地面已經超過一公里高，他變成落雷，瞬間降落地面。

同一時間，他解除〈黑龍蜷蜿〉。

龍捲風散去，重力隨即捕捉瓦礫，懸空的瓦礫隨即落地。

站在瓦礫上的藏人也一同墜落。

不過——

「呿，老不死，不要像蒼蠅一樣逃來逃去！」

藏人一從四百公尺高空墜落，馬上朝下伸長〈貪食大蛇〉，刺中地面，倏地縮短——

他比瓦礫更早抵達地面，並未停歇，再次朝天童前進。

蛇一般的執著，配上驚奇的衝刺力道，讓天童啞口無言——

「……！」

他當機立斷。

〈黑龍蜷蜿〉、〈崩天萬雷〉——這兩種攻擊還不足以阻擋他。

必須堆疊三重招式。

「風災〈黑龍蜷蜿・咆哮〉。」

天童在四周又一次掀起龍捲風，捲起瓦礫。

他這次並未將瓦礫當作防護罩，而是以龍捲風迴旋，加足速度，瞄準藏人發射瓦礫。

「──！」

巨大岩石、房屋的殘壁、汽車等物體頓時化為霰彈，襲擊藏人。

攻擊尚未結束。

「天災〈崩天萬雷〉。」

累加。

瓦礫霰彈，再加上從天而降的雷之雨──

「火災〈萬象灰燼〉!!」

再累加。

在四周製造光熱球體，釋放熱光。

瓦礫、雷電、熱光。

天童以三項伐刀絕技組成飽和攻擊，試圖甩開那條窮追不捨的大蛇。

但是，面對這塞滿整片視野的毀滅力量──

「弱雞。」

藏人罵道。

「有個像樣的招式就到處亂炫，逃來逃去。老子大老遠從東京跑過來，不是為了看這種爛把戲……！沒用的玩意多上再多，也擋不了本大爺！」

接著，他使勁蹬地，勇猛地衝進集中炮火。

上半身極端向前傾，不斷前進。

這姿勢代表他的決心。前進的方向，唯有前方一個選項。

這行為本來非常魯莽。

藏人的反射速度的確凌駕常人，又學會了〈天衣無縫〉，充分活用自身的反射神經，能夠卸除任何刀路、刀軌不夠穩定的攻擊。

然而，〈天衣無縫〉終究只是劍術。

招式預想的對手仍在人類的範疇內。

這招式並非用來對付這種──形同「災害」的飽和攻擊。

不可能。沒錯，原本不可能成功。

但是藏人發揮自己的天分──「暴力」天性，克服了不可能。

「喔喔喔喔喔喔喔喔喔喔喔喔喔！！！！」

眼中的世界。

擦過肌膚的氣流。

敵人令人寒毛直豎的威勢。

以五感感知戰場所有訊息，汲取力量流向，以最低限度的行動引導至他方。

這是〈天衣無縫〉的原理。

而這名「暴力天才」發揮資質，讓這原理更加進化。

以〈天衣無縫〉滑開質量較輕的瓦礫，或力道較弱的攻擊，同一時間揮劍——擊散〈天衣無縫〉無法處理的攻擊，例如較大質量的瓦礫撞擊或是雷電、熱光等魔力攻擊。

砍碎大岩石、擊散雷電、劈砍熱光，向前進。

藏人利用出類拔萃的戰鬥直覺，以來不及思考的速度分辨攻擊的種類，什麼攻擊該卸招、什麼攻擊該擊散、什麼攻擊硬吞也無所謂。他一一執行自己的判斷，向前進。

最低限度的迎擊，最大限度的前進。

絕不停歇。

連一秒鐘都不停歇。

「暴力」擊碎、斬除眼前所有障礙，勇往直前。

唯有〈神速反射〉絕對多數的出招次數，才能做到如此完美的攻防合一。

〈劍士殺手〉倉敷藏人專屬的原創招數。

綾辻一刀流絕技〈天衣無縫〉，改良版——

「我流〈惡路王〉——!!」

無論多麼險惡的道路都能披荊斬棘，絕不退縮。

藏人一步也不停下，終於撕裂天童的災害。

「這……!」

「去死吧!!」

天童驚愕——不，是出聲驚嘆。藏人緊盯天童，伸長右手的〈大蛇丸〉，從遠距離砍向天童的頸部。

「〈雷身轉移〉……!」

天童當然繼續閃避，向後跳去——

當他正想行動——

「呃啊!?」

左手的〈貪食大蛇〉早已捉住天童。

藏人料中天童的移動方向，隨即施展連擊。

擊中天童的肩膀。

大蛇利牙咬住天童的肩肉，牢牢扣緊。

（糟了!這是剛才的——）

他察覺時，早已慢了一步。

「〈收牙〉。」

緊接著，藏人彷彿瞬間移動，轉瞬間逼近天童。

〈黑龍蜷蜿〉解除後，他使用相同方法降落。

〈貪食大蛇〉利牙般的鋸齒刀刃扣緊〈天叢雲劍〉，以鋸刃為支點，縮短〈貪食大蛇〉。利用下錨的原理，將自己拉向天童。

藏人終於接近天童。

手中的〈貪食大蛇〉已在剛才縮短到極限。

這個型態、這個距離，他只會施展一種招數。

藏人的伐刀絕技中，最快速的瞬間十六連擊——

「雙刀〈八岐大蛇〉！！！！」

他沒有機會逃竄了。

八頭蛇顎從左右襲來，撕裂天童的身體。

◆◇◆◇◆

「呼——、哈——、喝——、哈——!!」

諸星臉色蒼白，氣喘吁吁。

他的〈虎噬〉和其他伐刀絕技一樣，有射程限制。

不對，以現在的狀況來看，應該稱為效果範圍。

總之，〈虎噬〉的範圍大約在諸星向外五百公尺左右，就已經是極限了。

然而──

「那、那個白痴，居然上下左右到處亂跑，跟傻子一樣……！」

他在來福岡的路上，就已經告知過效果範圍。結果藏人完全無視。

不，藏人沒有無視，他原本就沒有認真聽諸星說話。

拜藏人所賜，諸星為了持續把藏人納入效果範圍，只能在瓦礫堆跑來跑去。

諸星累得幾乎要把心臟吐出來。他用長槍撐住身體，憤怒地抱怨。不過──

「我應該沒白跑啦……！」

諸星的辛勞算是有收穫。

就在他眼前，藏人的雙刀捉住了天童。

天童身上噴灑鮮血。

從遠處看也明白，那傷口足以致命。

如果就這樣打倒天童，他可要舉雙手歡呼──

「嘖！」

天童卻沒有倒下。

他全身噴血，卻若無其事地站立著——

「太、優秀了……！」

他不停拍手，開口稱讚，語氣滿是藏不住的興奮。

「多麼猙獰又勇猛的攻勢。技術的確精湛，但面對我的伐刀絕技，仍然勇往直前。這強韌的心靈實在出色。老兵如我，能親眼見識這麼多前途無量的年輕人，真是感到無比欣喜！」

「……我可是帶著殺意砍斷他的動脈。諸星，怎麼搞的!!」

「阿呆，不是我的錯啦!!」

對方的怨言太沒道理。諸星怒吼回去，解釋道：

「你看看那傢伙的身體！他重新組成自己的身體了。他跟醫生、珠雫一樣，有方法分離自己的身體，代表他也有辦法重組。你不一擊了結他，沒完沒了啦！」

就如諸星的反駁，天童將自己的身體變為雲霧，重新組合，早已止血了。藏人見狀，嘖了一聲。

「嘖，身體和枯木沒兩樣，生命力倒是跟蟑螂有得比。」

「呵呵……對老人家可真嚴格。」

天童聽了那句辱罵，卻仍然喜悅地揚起笑容，似乎十分開心——

「你們說得沒錯。你獲得魔力破壞的力量，能夠傷到我。但要奪走我的性命可不簡單。

——不過，你們或許殺得了我。

一是熾熱燃燒，紅焰般的光輝；

另一個是乍看冰冷，實則強烈，宛如藍焰的光芒。

雖然不像刀華小姐那樣，散發對他人感同身受的溫柔光輝，你們的光芒也非常耀眼。上天一定也歡迎如此剽悍的年輕人。所以，我也要施展最強的招數——賦予你們考驗!!」

翠綠魔力光芒從眼窩滴落，彷彿老淚縱橫。天童一邊激動述說，一邊將〈天叢雲劍〉擲向天空。

劍化作綠雷，升入天際，融入雲霧。

就在這一瞬間。

一聲巨響，彷彿數萬雷電同時轟炸——

「恭迎汝之降臨！〈天叢雲劍〉!!」

巨大光劍撕裂天際的雷雲，現出模樣。

「那、那是啥……!!」

「好大……！」

那把光劍光是劍身，就超過一百公尺長。

光劍緩緩移動劍尖，瞄準地面上小小的伐刀者——

「來，舉起劍。這一切，都是為了保護你們的未來，不受即將到來的永夜侵害！請你們卯足全力，拿出最強的力量，踏過我的屍體，掌握上天的『恩寵』!!」

光劍快如子彈，從雲間彈射而出。

◆◇◆◇◆

雜音震盪氣流，巨大光劍應聲下降。

瞄準〈劍士殺手〉倉敷藏人，筆直飛去。

但是他的目標恐怕不只有一個人。

數萬、數十萬的雷與火凝結成形——灌注在〈天叢雲劍〉的能量一旦落入地表，其威力足以炸飛整片土地，福岡會瞬間毀於一旦。

即便躲過直擊，也會死於熱爆風。

不僅藏人自己送命，諸星以及現在在**福岡動工的普通人**，都會喪命。

（呿，該死的……！）

藏人預料得到結果，他別無選擇。

（只能硬接下來了!!）

他下定決心，雙腳踩實瓦礫大地，兩把〈貪食大蛇〉交叉。

以雙刀重疊的單點，接住〈天叢雲劍〉飛來的劍尖。

「嘎啊!?」

下一秒，非比尋常的衝擊重壓藏人。

衝擊壓碎、炸飛他腳邊的瓦礫，下方的地面也跟著藏人塌陷。

「哦喔喔喔喔喔喔喔喔喔喔喔！！！！」

〈天叢雲劍〉噴發尖銳雜音。地面龜裂、地層逐漸下陷時也發出沉甸甸的聲響。兩種聲音彼此交雜。

以藏人為中心，地層一點一滴地塌陷，變成彈坑，坑洞還越來越擴大、加深。

藏人身處龐大壓力中心點，拚了命地忍耐。

「他、媽的!!這什麼、鬼密度……!!」

無論是什麼形式的伐刀絕技，只要是魔力引發的作用，〈虎噬〉就可以消除所有影響。

任何高溫、雷劈、壓力，所有效果都一樣。

也因此，諸星的能力能夠強制改寫世界。

本來應該是如此。

然而，藏人的雙肩、脊椎，確實感受到足以壓縮骨頭的龐大壓力。

〈虎噬〉明明能瞬間咬斷靈裝，吞吃超高密度的魔力凝結體。這壓力代表著，眼前這柄〈天叢雲劍〉蘊藏的魔力，早已超越〈虎噬〉的消化量。

實際上，〈貪食大蛇〉的刀刃已經從接觸面吞吃〈天叢雲劍〉。利牙咬碎、破壞了光之刃，散開的魔力失去方向性，化為爆風肆虐，一次次掀起瓦礫。

但是——吞不下去。

巨大的劍身只被削掉些許劍尖。

消化完全跟不上攻擊。

藏人能肯定。

再繼續僵持下去，自己的靈裝恐怕在消除〈天叢雲劍〉之前，先消散殆盡。

當藏人斷定這個結果——

「……嘖，又來了！」

他感覺全身一陣雞皮疙瘩。

〈天叢雲劍〉——超高能量體散發的放射熱燒灼皮膚，隱隱刺痛。全身血液卻如同凍結一般，逐漸冷卻。

藏人不久前才體會過這種感覺。

他和諸星的比試，兩人最後交鋒的時候。

——這是恐怖。

而且不是尋常的害怕。

藏人經歷那場模擬戰之後，他明白了。

這是自己對於「死亡」的恐懼。

藏人是「暴力天才」。呱呱墜地以來就擁有優秀的戰鬥直覺，直覺也在戰鬥中告訴他該如何行動，一路引導著他。

也因此，他能正確掌握從盲點飛來的槍刺，精準度甚至讓他能用牙齒接下攻擊。

但任何感官都有其道理，有其原理。

藏人的直覺也不例外。

這種感官的源頭，正是「死亡」的氣息。

藏人的第六感可以分辨「死亡」氣息的質與量，下意識估算危險度，選擇不同的行動。

他對於「死亡」的嗅覺，比任何人都敏銳。

藏人的戰鬥直覺，全貌就是如此。

但這特性還是有缺陷。

嗅覺靈敏的狗兒嗅到強烈惡臭，會痛得在地上打滾。藏人對於「死亡」特別敏感，所以他能比別人更準確判斷，那種非一己之力能抗衡的絕對「死亡」。也因為他感覺得到，當他面對「死亡」的恐懼，根本騙不了自己。

血液冷如寒冰，令全身顫慄。

恐懼逐漸冰凍肌肉，持劍的雙手漸漸失去力量。

然後，畏懼開始侵蝕心靈。

快逃。快逃。快逃。

你不可能承受這股力量。

應該馬上用靈裝裹住全身，保護自己。

萬一〈天叢雲劍〉爆炸，周遭將會面臨浩劫。

諸星、前來福岡參與作戰的其他民眾，都會死於非命。

但是，這無可奈何。

除此之外，你無法保護自己。

我至今一直教導你。

我不可能說錯。

你一定要順從你的感覺。

——以往支撐藏人的戰鬥直覺，他的本能不斷大喊。

但是，聽完直覺的吶喊後——

「講什麼屁話……！」

藏人咒罵，並且咆哮道：

「諸星——————！！！！」

◆◇◆◇◆

「這玩意不妙啊！」

藏人擋下〈天叢雲劍〉的瞬間，諸星隨即斷定。

〈虎噬〉夾在兩者之間，勉強讓藏人撐下去。但〈天叢雲劍〉的魔力太過龐大。

從天而降的光劍。全長約有一百公尺。

〈虎噬〉現在正從接觸面破壞光劍，斷劍釋放的魔力四散，但〈虎噬〉只削掉一點點劍尖。

另一方面，藏人的臉色非常糟糕。

無法抗衡的壓力近在咫尺，嚇得他退縮？

又或者是〈大蛇丸〉快瀕臨極限？

諸星無法推測藏人的狀況，不過——

「到此為止了……！」

諸星原本就像躲在草叢裡的老虎，打算趁藏人打鬥的時候伺機給天童一擊，但現在沒空管什麼可乘之機。

這場賭局的風險太大。

〈天叢雲劍〉容納了數十萬的雷電能量，猶如核彈。

這玩意一爆炸，別說是自己，藏人和兩人身後的眾多民眾都難逃一死。

〈虎王〉不受〈虎噬〉影響，或許能接下那記伐刀絕技。得馬上去救藏人。

諸星心想，正要邁開步伐時——

「諸星————!!不准擋老子！！！！」

「嗄啊!?」

面臨危機的藏人赫然發出怒吼。

這傢伙都慘兮兮了還在硬撐。諸星瞪了回去。

他眼前出現難以置信的畫面。

「……真的假的。」

〈天叢雲劍〉從雲端降下。

藏人在劍的下方——開始揮動〈貪食大蛇〉。

他用左刀撐住，揮動右刀，用力敲打〈天叢雲劍〉的劍身，用鋸刃一點一滴削動劍身。

勉強增加〈虎噬〉的接觸面積——

「他用蠻力削劍……！」

喀哩喀哩、喀哩喀哩。

他不斷揮刀，削切著〈天叢雲劍〉。

這麼做的確提升了效果。

〈虎噬〉開始加速削磨〈天叢雲劍〉。

然而——在〈天叢雲劍〉龐大的劍身面前，這點加速反而更顯緩慢。

光劍超越一百公尺長的劍身，還剩下很大一部分。

狀況仍舊急迫。

簡直像用一把鐵鍬，就想挖開巨大的山脈。白費功夫。

乍看之下，就是徒勞無功。

藏人仍然堅決冒險。他的側臉沒了剛才諸星看到的膽怯——直視上方，狠瞪眼前的威脅。

他不能輸。

他怎麼能輸。

神情蘊藏強悍的意志。

他為什麼如此堅持——

諸星想到這裡，忽然驚覺，這疑問真愚蠢。

「——是啊。我們都討厭一直打輸。」

他和自己一樣，**輸給同一個男人**。

因此，諸星很清楚。

現在支撐藏人的那份倔強，非常強大。

「好，我就相信你的骨氣啦!!」

◆◇◆◇◆

「嘿啊！喝啊!!」

藏人用左手抵擋〈天叢雲劍〉，舉起右刀不斷敲打、削切。

他每次拉動刀刃，又削掉一塊〈天叢雲劍〉，強光化作點點燐光，散向四方。但這種攻擊對於龐大的劍身來說，杯水車薪。

事實顯而易見。

面對殘酷的現實——

別撐了。

白費力氣。

再繼續硬撐，就死定了。

快點逃。

有人在藏人耳邊不斷低語。

不，藏人知道說話的人是誰。

就是他自己。

那是自己的氣餒。

沒錯，氣餒總是能找到任何藉口，對他聲聲呢喃。

——輸給莎拉・布拉德莉莉的時候；

——黑鐵一輝當上〈七星劍王〉的時候；

——甚至是聽說一輝並未止步，在遙遠異國擊敗了世界排行第四的〈黑騎士〉的時候；

你只是倒楣了點。

太倒楣，對上一個足以列入世界規模的騎士。

贏不了他很正常。

追不上他也沒轍。

更何況，你只是輸給他一次，不需要那麼執著。

沒辦法。沒辦法。氣餒列出了許許多多的理由，告訴藏人，一切都是沒辦法。

（煩死了……！）

自己的心靈找到無數藉口，試圖讓自己放棄遠在雲霄的目標。藏人鄙視著自己。

自己和一輝的恩怨，僅止於那一次私鬥的勝負。

但自己忘不了那唯一的挫敗。

太不甘心，久久無法忘懷。

這是第一次。

只有這次戰敗，讓藏人強烈想成為某種人，想要戰勝一個人。

這股不甘，其實更接近憧憬。

正因為不甘心——

「開什麼玩笑……！」

壓抑自己真正的想法，找藉口安慰自己，對不甘妥協，渾渾噩噩過活。這不就像極了他那窩囊父親，整天只會在喝得醉醺醺，成天對著電視機播報的紛紛擾擾，大肆抱怨，一下說政治很骯髒，一下說社會很糟糕。

他絕對不要變成那種鬼樣子。

那他只能持續奔馳。

追逐那道遙遠模糊的背影。

無論道路多麼難行，不能停下腳步；哪怕路上荊天棘地，絕不能繞道。

一秒都不能停。

因為那個男人從不理會眼前的極限、不可能，他總是跨越一切，向前邁進——

「那我怎麼能、死在這種鬼地方啊!!」

「什……!?」

下個瞬間，藏人的舉動令天童震驚不已。

藏人不只右手，甚至用上抵擋〈天叢雲劍〉的左手劈砍〈天叢雲劍〉，想要憑藉蠻力狠狠反擊。

「喔啦喔啦喔啦喔啦喔啦喔啦喔啦啊啊啊啊啊──────!!!」

刀刃來回的次數以加速度逐漸提升，氣勢洶洶地開始削切〈天叢雲劍〉。

〈八岐大蛇〉。

方才撕裂天童身體的瞬間十六連擊，如今接連不斷，持續連發。

但他的抵抗太過魯莽。

身體不可能撐得住。

魔力總會耗盡。

天童這麼認為，然而──

「……………!」

藏人沒有停止抵抗。

肺裡的氧氣早已見底，他甚至發不出任何吼叫。

勉強行動讓血壓飆升，血管破裂，眼鼻滑落滴滴鮮血。

他仍然沒有停手。

過了五分鐘、十分鐘，甚至超過上述的時間，他依舊持續劈砍眼前阻礙。

天童見識到藏人宛若鬼神的氣勢——

「難不成……」

他能在自己的靈裝被啃食殆盡之前，斬碎〈天叢雲劍〉。

天童原本認為這只是魯莽之舉，現在卻不禁期待這名少年，他或許能將不可能化為可能。

於是——期待名副其實地成真了。

經過一而再、再而三地不斷劈砍，〈天叢雲劍〉終於只剩下一半劍身。

而殘存的劍身忽然產生無數裂痕——

「——啊、啊啊啊啊、啊啊啊、啊、啊啊啊啊啊啊啊！！！！」

隨著藏人聲嘶力竭的嚎叫，劍身粉身碎骨。

「竟然辦到了………」

藏人當然沒有見好就收。

他的敵人還活著。

藏人朝彈坑坑底使勁一蹬，第三次斬向天童。

眼耳散落著血滴，奔馳在瓦礫堆上，瞄準天童的首級。

那道勇猛身影，彷彿能無止盡地向前邁進；

那鮮紅光輝如火似焰，象徵強悍的生命，熾熱燃燒；
（多麼耀眼……）
天童張開雙手，像要迎藏人入懷。
「嘎啊啊啊啊啊啊啊————！！！！」
藏人揮劍，砍向毫無防備的天童。
〈八岐大蛇〉。
全力瞬間十六連斬。
這次他的目標不是全身，而是集中在頭部。
天童來不及施展伐刀絕技化身雲霧。藏人奮力揮劍，打算給他最後一擊。
但是——刀刃沒有碰著天童。
「太遺憾了……假如那兩柄刀還留有刀刃，你或許還能再給我一擊。」
沒錯。藏人的靈裝〈大蛇丸〉，已經不剩一點刀刃。
早在他削斷〈天叢雲劍〉的當下，就已經耗盡最後一點氣力。
是藏人的倔強，推動他斬向天童。
藏人的身體不支前傾，趴倒在天童腳邊。
天童俯視著他——
「……真是太遺憾了。我還以為，你或許能承蒙上天『恩寵』。」
他真心感到哀傷，並朝倒地的藏人張開手，準備以火之天災下殺手。

然而——

「不對，〈劍士殺手〉，他辦到啦。」

「——!?」

天童並未向藏人釋放火焰。

在魔法成形之前——

「〈無雙一烈〉！」

〈虎王〉的槍尖已經從天童背後，貫穿胸口。

◆◇◆◇◆

『——說歸說，我才不想死咧。所以，〈劍士殺手〉，拜託你別太勉強自己。』

『嗄啊？什麼意思啊？』

在靈裝賦予魔力破壞的伐刀絕技，讓藏人代替他戰鬥。

明明是你先「勉強」別人，在說什麼鬼東西？藏人一邊騎著機車，朝肩後瞪了一眼。

諸星見狀，繼續說：

『你只要用密集攻擊拉住那老頭，就很足夠啦。那老頭忙著對付你，一定沒心力提防我。我就趁機宰了他。』

『誰需要那種卑鄙手段。』

『請說是合理思考，好嗎？也罷……你如果有辦法幹掉他，就隨便你。不想被我搶獵物，就好好努力吧。』

◆◇◆◇◆

「呃、啊……？」

「我好寂寞啊。你居然完全忘記我還在。雖然你眼瞎了，我看不出你的視線，但你的注意力都沒放在我身上。」

諸星從天童身後拔出〈虎王〉。

天童的身體噴出鮮血，無力地跪倒在地。

「怎麼不多盯著我咧？大阪的小鬼一沒人注意，馬上就會搗蛋。」

「……呃喝、咳呵！這真是、不好意思……這位少年的光芒太耀眼，我不小心專心過頭了。你膽大心細，沒有放過我的破綻，也非常傑出。諸星，請你也來接受考——」

天童吐著血，馬上站起身。

就和〈八岐大蛇〉斬遍他全身那時一樣。

天童經歷〈超度覺醒〉，肉體已成非人之物，這點程度的外傷難以致命。

原本應該殺不了他——

「奇、怪…………？」

「我不知道你在誤會什麼，早就分出輸贏了。」

天童正想起身，卻全身一軟，胸口直接趴地。

天童見狀，不禁愕然。

究竟怎麼回事？

自己剛才明明重新組成身體，修復外傷——

「使、不出、魔力…………啊、呃喝！」

他沒辦法發動伐刀絕技。

自〈覺醒〉以後，超越極限的靈魂總是無止盡地釋放魔力。如今卻一點都不剩。

不只沒了魔力，身體逐漸脫力。

到底是——

「你對我、做了什麼……」

天童疑惑地問。諸星毫不掩飾地回答：

「我殺死你了。」

「……!?」

「很多人都知道我的能力是破壞魔力。但說到底，你覺得魔力又是什麼？」

魔力是一種超越道理，改寫世界的力量。

伐刀者開拓宿命，在世界上刻劃自己活生生的足跡。魔力，就是靈魂之力。

也因此對伐刀者來說，靈裝經常被當作靈魂的實體。

這是常識，諸星又何必問——

「難不成!?」

天童思考到一半，渾身顫慄。

諸星隱約露出苦澀的表情，承認天童的顫慄。

「沒錯。魔力就是靈魂的力量，而我的〈虎王〉能夠破壞魔力。所以，說得正確一點，這是一把『能吞噬靈魂的槍』。當我用這玩意**拔掉人的靈魂，你說他會有什麼下場？**」

常有人說靈裝是靈魂的化身，但嚴格來說，靈裝並非靈魂本身。

靈裝只是象徵、投影。

所以靈裝缺了角、被擊碎，只會轉變為精神衝擊，反饋到靈魂上，不會有任何實質傷害。

然而，假設做為根源的靈魂損壞——

「靈魂就好比是一個魔法水瓶，每天湧出定量的魔力。我們從水瓶汲取魔力，使用魔法。萬一瓶子本身毀壞，就沒辦法從中汲水。瓶中的魔力會直接流失，再也不可能湧出新的魔力。也就是說……」

〈虎噬〉能吞吃敵人的**魔力上限**。

這就是〈浪速之星〉諸星雄大的伐刀絕技——〈無雙一烈〉。

「同時殺死靈魂與肉體，是名副其實的**必殺**絕技。」

「嗄、哈！」

下一秒，天童再次吐血。

無法汲取新的魔力，他就無法再化身雲霧，重組身體。

胸口的大洞不斷流血，呼吸漸漸虛弱。

諸星見狀，表情仍然十分難過。他俯視著天童——

「……殺人的感覺果然很倒胃口。我很討厭這一招。別說是在比賽使用，就算對上罪犯，我也會盡量避免動用〈無雙一烈〉。不過——」

諸星眺望他們所在的瓦礫平原。

「你殺太多人了。雖然大家努力搜救，還是有人死掉。數百條無辜生命，他們什麼也沒做，只是全心全意地活著，現在卻埋在這片瓦礫之下。」

這裡曾經有城鎮、有很多家庭、有很多人。

數萬、數十萬的活人。

天童卻毀掉一切。

這片荒蕪景象，令諸星想起不願回想的回憶。

那是場意外。

無可奈何。

但是這名老人卻親手製造了跟那場意外相同、不對，是比意外更可怕的地獄景象。

他是刻意的。

無法原諒。

「你唯一能負起責任的方式，就是以死謝罪。」

諸星說完，過了數分鐘。

天童逐漸短促的呼吸終於停止。

試探他的頸動脈，脈搏也停止了。

〈大炎〉播磨天童的性命，終於喪亡。

諸星見狀，將緊張隨著呼吸緩緩吐出。

「……呼，勉強算是解決了。」

只靠第二支箭就殺死對方，結果算是很漂亮。

他不是堅持靠自己解決，但冒險的人越少越好。

儘管餘韻糟透了，他們總算度過危機。

之後只要向所有人報告這件事，背藏人回去——

「等等。」

諸星思考著，正打算背起藏人，忽然驚覺。

早已過了日出的時間，大地依舊昏暗。

「天空為什麼沒放晴？」

雷雲與暴風雪。

現在掩蓋天空的災害，全都出自天童。

伐刀者一旦昏迷、甚至死亡，伐刀絕技通常會失去效果。

然而——為什麼天氣沒有恢復原狀？

疑問的解答，馬上就登場了。

『啊啊……太漂亮了…………』

「!?」

是天童的聲音。

稱讚並不是發自天童的遺骸，而是從天空震動氣流，傳到地面。

『優秀，太優秀了！真是太出色了!!你還沒掌握「恩寵」，竟然能殺死我。真是……多麼強大呀！』

「喂喂，不會吧……」

『那名少年的光芒奪走我的注意力，而你並未放過我的破綻！更相信少年能夠接下〈天叢雲劍〉，不畏自身遭到波及，勇於下手!!這專注、這判斷力，再加上出色的技術！竟然能不偏不倚地用長槍貫穿我的靈魂！多麼傑出!!』

諸星露出不敢相信的表情，仰天看去。

他的視線前方——

覆蓋天空的雲影，刻劃出巨大的天童樣貌。

「太扯了……」

諸星見到這難以置信的情景，握住〈虎王〉的手掌不禁溼透。

浮現在天空的天童，表情扭曲，如狂似喜，不斷讚美諸星。

『靈魂原本是肉眼無法辨識，也無法感覺其存在。我之所以能看見人命的光輝，是因為在那地獄裡目睹眾多人類死去，也曾無限接近自己的死亡！

換句話說，你曾經親眼目擊同級別、甚至更悽慘的悲劇！

然而你沒有像我一樣灰心、消極，反而將經驗化作自己的力量，不斷奮戰到今天！看似輕佻，卻擁有比他人厚實的力量——啊啊，諸星，你就如同那抹青焰般的生命光彩，是活生生的勇者!!』

無法壓抑激動，接近嗚咽的讚賞。

但諸星根本不在乎敵人要不要讚美自己。

他將稱讚拋諸腦後——

「……怎麼回事？我確實把〈虎王〉捅進『死亡』氣息最濃厚的地方，你為什麼還活著？」

諸星不解道。他不懂，這到底什麼狀況。

——天童剛才說得沒錯。靈魂並非想戳穿就能戳穿。

人原本無法用肉眼窺見靈魂，靈魂也不像內臟，會固定存在於身體的某個位置。

但是……諸星有辦法抓住靈魂的位置。

那就是氣息。

「死亡」的氣息對他來說，如同惡臭。

但藏人的嗅覺是與生俱來的才能，他則是後天發掘出這種嗅覺。

那場火車意外害他喪失下半身，更奪走妹妹小梅的話語。

意外現場充斥「死亡」氣息，他的鼻子、他的記憶已經牢牢記住這味道，忘也忘不了。所以他不可能弄錯。

那天童為什麼沒死？

諸星疑惑不已——

『請放心，諸星。你沒有弄錯什麼。』

天童答覆時的語氣，仍然充滿歡喜。

『你的確殺死我了。現在的我，只是殘留的意念。我將我的意念投影在早已成形的魔法上，也就是我的魔力。』

「……亡靈。」

萬萬沒料到，天童失去靈魂，還能以這種形式動用力量。

這是源自〈魔人〉的特質，又或者是意念的力量？

總而言之，〈無雙一烈〉的實用案例太少，擺了諸星一道。

諸星忍不住咂舌。

『正是亡靈。你的形容很貼切。我已經無法產生魔力，只要放著不管，我過不了今晚就會消失，非常脆弱——但是！正因為脆弱，我想趁自己消失之前！收集我殘存的力量！我的生命！絞盡一切，引領你獲得上天的「恩寵」!!』

「唔……!」

下一秒，諸星終於啞口無言。

天童喊叫完，空中的氣流分離，雷鳴震耳，彷彿即將粉碎大地。藏人方才耗盡全力，好不容易擊碎那柄〈天叢雲劍〉，如今卻再次出現在雲霧之間。

以天童浮現在雲海的臉孔為中心，彷彿時鐘的文字盤，整齊地排列——

多達十二柄。

「喂喂，這叫脆弱？說什麼傻話……!」

『你不需要畏懼。』

諸星不由得苦惱呻吟。天童語帶尊敬，對他說道：

『諸星，你比我強太多了。既然我辦得到，你沒道理會失敗。你一定能掌握上天的「恩寵」。這並非我的期望，我深深信任著你。啊啊，所以、所以拜託你，請將我當成跳板，成為英雄！請成為那龐大的光芒，驅走那片即將籠罩這個國家的永夜……!!上天一定也期待你的進化!!』

隨著話語，天童的音量逐漸提高。

〈天叢雲劍〉跟著音量，亮度劇增，震耳欲聾的雜音越來越大。

十二柄達到極限狀態的〈天叢雲劍〉，同時對準諸星。

過不了多久，那些劍就會落在他頭頂。

強如〈虎王〉，恐怕也很難解決這麼多劍。

不對，是不可能接下。

諸星很肯定。

若要撐過這波攻擊，只能現在立刻跨越自己的可能性，超越自己的極限。

除此之外，別無活路。

自己若是失敗，不只自己難逃一死，恐怕連昏迷的藏人、來到福岡的大批人民會瞬間蒸發。

諸星面對如此沉重的責任與壓力——

「蠢死了，我才不幹。」

他居然直接將〈虎王〉插進地面，自己放開武器，當場坐下。

『你在、做什麼……？你為什麼要、放開靈裝？』

天童見狀，非常不解。

諸星用不屑的口氣回答：

「我說我不陪你玩這種遊戲啦，老頭。我根本聽不懂你在說什麼幹話。憑什麼我一定得自己努力撐下去啊？假如我真的必須獨自背負別人，那對象頂多只有小梅一個。

這世上才沒有人必須獨自背負別人的生命。就算我不小心掛了，拉了一大堆人陪葬，有人敢把錯歸在我或〈劍士殺手〉身上，我一定會變鬼咒死那混帳。」

獨自拯救一切的英雄。

這玩意簡直是一場「悲劇」。

他不認為應該把悲劇當成目標，也沒興趣為此努力。

諸星直截了當否定天童的所有主張，凝視著他，眼中隱隱帶著悲哀。

「……播磨天童，我不知道你在後悔什麼，又想對誰懺悔，才妄想製造英雄。但你錯了。世上沒有什麼道理，需要逼一個好端端的人**成為亡靈**，還得繼續堅持。」

『——————!?』

「就是這樣，我不想努力了。累死了。我剛剛還被這個無腦阿呆拖著到處跑。從現在起，這攤爛事就交給第三個人。」

『第三個人……？』

「怎麼？你從那麼高的地方往下看，居然沒發現啊？你看，她已經飛過來了——那就是擊敗你的第三支箭。」

諸星手無寸鐵，維持毫無防備的姿勢，咧嘴一笑。

他說的是什麼意思？天童思索著——

『這、這是………!?』

他終於察覺。

天童眼前漆黑的世界。

有如沙金的微小光芒伸出比毛髮更細的光絲，彼此交纏、凝聚——逐漸化作一股巨大光芒，燒灼黑暗，如同白晝。

下一秒——

雷鳴巨響，直接蓋過〈天叢雲劍〉的雜音。

◆◇◆◇◆

諸星與藏人開始對付天童，沒過多久。

時間已來到早晨，天空卻宛如黑夜。而在這陰天之下——

數不清的人馬與物資，在熊本縣的山區來回蠢動。

「搬開擋路的瓦礫！砍掉樹木，讓物料好通過！」

「請讓讓！纜線要拉過去了！」

「凍傷的人要送到自衛隊的直升機，快點！」

眾人在強烈的暴風雪中，以人數強行開拓山林，用自衛隊的戰車壓平路面，聚集到某個地方。

暴風雪側風吹倒的鐵塔，就是他們的目的地。一群從民間召集的電氣技術人員，正在努力修復電纜。

「可惡！冷到手沒力……！」

「別老說喪氣話！拿出骨氣！」

「啊，慘了，鉗子黏在手上。」

「不要用力扯啊，會扯掉皮膚。要用熱水溫開。」

「這裡哪來的熱水。啊，尿可以嗎？」

「你敢在這種冰天雪地露出屌試試看，保證冷到掉下來。那邊還有個傢伙整個手腕都掉了，你們都給我退到後面去。」

「記得帶走凍掉的手或耳朵！用〈再生囊〉治療的時候會比較輕鬆！」

儘管他們穿著防寒衣，天童的暴風雪仍然毫無阻礙地冰凍他們的身體。

尤其電氣工程需要精密技術，沒辦法裹住手部、雙眼，一瞬間就凍得皮開肉綻，連血液都結成冰塊。

同伴接二連三因凍傷倒下，但是這群男人仍然繼續工作。

因為——這就是他們的戰鬥。

一名作業中的中年技師操作巨大扳手，仰望天空。

「話又說回來，那個叫天童的還真厲害，居然一個人搞出這麼嚴重的災難。伐刀者都這麼嚇人啊？」

「怎麼可能……但要說誇張，找我們來的那個〈雷切〉小姑娘，也很不得了。」

「也是。」

兩人回想昨晚的經過。

名聞九州的學生騎士，〈雷切〉東堂刀華召集眾人，希望眾人和她一起戰鬥。當時，這兩名技師也應她的召集而來。

所有人在寬廣的演講廳集合。她劈頭就對眾人這麼說道：

『時間寶貴，請恕我馬上進入正題。我想拜託在座各位修復九州的電網。』

『電網？』

『為什麼要修復電網？』

『這是為了打敗引發這次災害的伐刀者・播磨天童。』

『『……！』』

刀華堅決地說。接著她用刀指著白板上的九州地區圖畫，一邊解釋：

『九州的大容量輸電線路有兩種，一是環繞九州地區一圈的五百千伏特線，另一種是兩百二十千伏特線。天童引發的災害導致這些輸電線路處處破損，電力供給因此中斷。我希望各位能將所有人力與資源投入修復，而且要盡快……可能的話，希望在明天清晨之前修復完畢。

等電網恢復輸電，請從所有可運作的發電設施，將電力輸送到這裡，福岡縣「中央變電所」。**我會吸收這些電力，擊敗播磨天童。**』

『吸收電力!?』

『真做得到這種事!?』

『可以。我們「雷術士」可以吸收電力，轉變成自己的力量。

話雖如此，這麼大量的電力，肯定超過我的吸收上限。萬一拖太久，得來不易的電力很可能會因為漏電浪費掉。「中央變電所」距離天童較近，所以我希望在這裡接受輸電。也因此……必須讓各位在天童附近動工。

戶外非常寒冷，恐怕免不了凍傷。被天童發現，或許會遭受雷擊。可是——我明白風險很高，但我仍然想拜託各位。他終究只有一個人，我們只要同心協力，一定有辦法打倒天童。』

「你還記得〈雷切〉小姑娘當時的表情嗎？」

「哪忘得了？對手可是能造成這種嚴重災害，她明明要在最前線承擔最多風險，竟然還能笑著解釋。」

兩人對她當時的神情印象深刻。她就像在家裡和家人聊天，十分平靜。

她必須冒最大的風險，竟然還能這麼沉穩。

「那女孩打從心底相信，大家同心協力就能打贏。所以她願意挺身而出。假如我們辜負她的信任，九州男兒的面子都要丟光了！」

「是啊，我也這麼認為……！」

他們不是伐刀者，不知道刀華的解釋哪些是真，哪些是假。

但是一個人對他們付出全心全意的信任，他們就該回以信任，才合乎道義。

這群男人為了貫徹情義，儘管手臂僵硬如岩石，仍然不斷作業。

就在這時——

「喂！打雷了!!快逃!!」

「「!?」」

天童察覺九州北部隱約有動作，朝那裡施放〈崩天萬雷〉，正好落在作業中的眾人頭頂。

轟聲四起，白光灼燒世界。

男人們以為逃不過一劫，閉緊雙眼。

不過——

死亡並未到訪。因為——

「各位，有沒有受傷？」

身披潔白禮服的魔法騎士，〈腥紅淑女〉貴德原彼方張開玻璃護壁，保護眾人。

「是伐刀者大小姐！幫大忙了！」

「多虧妳呀，我們沒事！然後，**這裡**已經完工啦！」

男人說完，用扳手敲了敲倒塌的鐵塔。

「熊本幹線修復完畢！」

九州各地的電網和這裡一樣，同時進行修復作業。以這裡為開端，電網接連復原。

天童專心對付諸星和藏人，削弱了暴風雪，讓修復作業也加速了。

福岡縣朝倉郡的中央變電所，就是這次的作戰中心。各地修復狀況一一傳達到這裡。

『已確認熊本幹線修復完畢。』

『同上，日向幹線，修復完畢！』

『五百千伏特川內核能發電廠輸電線，開始往南九州變電所輸電！』

『苓北火力發電廠輸電線已修復。苓北發電廠開始往中九州變電所輸電！』

『確認新大分發電廠重新啟動！』

『修復率突破百分之七十五，已達作戰執行標準。』

『全變電所系統切換——電力要過來了！』

中央變電所的接線生說完，變電設施的電燈立刻從緊急用的紅燈，切換成眩目的白色日光燈。

燈光照亮了變電所的直升機停機坪。停機坪上放著堆積如山的電纜線，一圈又一圈捲成螺旋狀，彷彿水蚺蛇的身體，非常粗大。

『海江田先生，所有發電廠，以及所有變電所已經預備完畢，隨時可進行極限運轉工作。依照九州電力的估算，百分之兩百運轉到電網**融解**，時間只有三十秒。請按照行動時機下指令。』

「我明白了。」

海江田對借來的軍用無線電答道。接著將通訊內容轉達給站在電纜山上的少女——〈雷切〉東堂刀華。

「東堂同學，所有人平安完成工作了。」

「是，我感覺到非常強大的力量。他們真的……只花了短短一個晚上就完成了呢。」

「是啊，我也非常訝異。看來我一直將眾多非伐刀者**視為必須保護的對象**，反而太輕忽他們的力量。」

但是他們十分英勇，成功打贏屬於他們的戰鬥。

既然如此——

「接下來就由我們魔法騎士展現氣魄了。——可以嗎？」

海江田詢問刀華。

這句話與其說是問她是否準備就緒，不如說是為她準備最後的臺階。

置身於雷電，轉換為自己的力量。

對刀華和海江田這類「雷術士」來說，的確是基本中的基本。

這絕對稱不上難，兩人實力又高強，一定都有辦法轉換。

然而——這次規模卻異常龐大。

將全九州的電力聚集到一個人身上。

這次供給的電量，在人類史上史無前例。

是否適用現存常識或技術理論，還是未知數。

超出轉換上限造成漏電，還算是幸運。肉體無法承受流入的電力，可能會爆炸。

刀華早就知道危險性。

所以海江田才又詢問一次，做為最後確認。

只要她表現出一絲擔憂，自己就準備代替她擔下這次任務。

不過——

「沒問題，請開始。」

刀華臉上沒有任何猶豫或擔憂。

她只是直率地，凝視風雪平靜後的陰暗天空。

空中出現一道身影，那就是她必須擊敗的敵人。

海江田望著她的側臉，內心確信，果然只有〈雷切〉東堂刀華能夠勝任這份職責。

換作是自己，這一瞬間恐怕不如她平靜。

「開始極限運轉。」

海江田隔著無線電下達指令。

接線生接到命令，指示九州各地的發電廠極限運轉。

龐大電力逐漸流入刀華腳邊的渦狀電纜。

這股能量大幅度超越電纜預想的電量。

電纜厚重的絕緣外被開始融解，無法乘載的能量化作光熱，開始散失。

這一剎那——

「鳴叫吧，〈鳴神〉。」

刀華顯現靈裝，刺進腳邊的渦狀電纜。

〈鳴神〉刺穿的地方頓時爆發白光——

刀華再次回到那個地方。

鉛灰的天空下。
荒涼的山丘上。
無數自己的屍體層層堆疊，自己仍被綁在十字架上。
周遭盡是天童模樣的死神幻影。
鎖鏈依舊扣緊手臂，不讓自己逃脫。
束縛牢固無比，無論如何用力掙脫，絲毫不動。
一模一樣。
她已經重複無數次眼前的絕境。
沒有變。什麼都沒改變。
即使如此——刀華心如止水。
自己的確**不可能**再往前一步。
只要再次面對天童，無法逃脫的死亡就在前方等著。
但那是自己一個人面對的狀況。
刀華知道。
是那些數不盡的善良與強大，幫助自己活下來。
至今是，今後也是。

她深信著，仰望天空。

她期望的事物，從天而來。

——是雷電。

巨大的雷電劃破鉛色天際，落入山丘。

雷電瞬間消滅刀華四周的死神；

十字架化為焦炭，粉身碎骨；

甚至燒斷束縛她的鎖鏈——

『來，我們走吧。讓那個人見識見識我們的強大。』

落雷強光逝去，世界恢復色彩。

刀華離開了那座山丘，回到燒熔的電纜殘骸上。

電纜耐不住流入的龐大電流。

電纜已燒斷，電力供給中斷，直升機坪的燈光也熄滅了。

刀華的身體散發白光，在黑夜般的陰天下仍然顯得無比明亮。

刀華彷彿化身雷電。

海江田見狀，心想。

果然只有她能勝任。

刀華身上的能量，已經超越技術能控制的級別。
換成自己，身體早就炸開了。
刀華卻承受住了。
——是容量。
她接納他人的心靈容量，跟自己大相逕庭。
這名少女最卓越的才華，就是喜愛他人、相信他人，接受他人的想法進入自己心靈的無比深處。自己絕對沒有這麼寬大的器量。
刀華以才華匯集了所有條件。
接下來——就是前進而已。
「祝妳好運。」
海江田敬禮，目送刀華。刀華點了點頭——
「我出發了……！」
她回應完，收起〈鳴神〉，猛地蹲低身子。
緊接著，在自己頭頂製造雷環，產生強烈磁場。
利用雷環的電磁與身上的電磁相斥——
「〈建御雷神〉。」
將自己射向正上方。
直線飛升。

朝著風雲逆旋的天空而去。

猶如雷電，**自大地劈向天際**。

◆◇◆◇◆

方才的微弱光芒彼此凝聚，催生巨大的光輝。

天童察覺那道光輝從大地飛向雲霄。

逐漸接近，從下方一直線飛向自己。

但是，他不懂。

他沒見過如此璀璨的靈魂光輝。

那究竟是誰？

天童雖然疑惑，但他只有一個選擇。

對這塊土地上的人們來說，自己是考驗。

對方主動出擊，自己就必須迎戰。

天童朝著升上天的光，射出其中一柄〈天叢雲劍〉。

雷電與熱焰。

結合兩者的純正破壞能量，從天空筆直刺向那道光——

接著如同玻璃飾品一般，碎成粉塵。

『嗄？』

天童頓時啞然。

他不知道對方做了什麼。

不對——難不成對方**什麼也沒做**？

只是一接觸，就碎成碎片。

〈天叢雲劍〉可是由天上充斥的魔力集結而成。

『……!!』

他像是想否定自己的想像，又發射兩柄劍。

——結果一樣。

接著是四柄。

——抵擋不了。

簡直像是把玻璃瓶擲向水泥牆，一碰到就粉身碎骨。

敵我的實力天差地遠。

光是魔力含量，就如同雲泥之別。

自己蒙受上天「恩寵」，伐刀絕技卻遠遜於對方。

不可能。

這到底是怎麼一回事？

『你究竟是誰！？！？』

巨大極光升至天童眼前。

天童質問著極光──

『──────!!』

緊接著，他赫然驚覺。

極光已經來到跟前──

其中心存在溫暖的光暈，類似他熟悉的那名少女。

難道──

天童內心一驚，難以置信地問：

『妳、難不成是……刀華小姐!?』

面對天童的疑問──

「是。」

刀華承認對方的猜想。她連續使用《建御雷神》，升上了高空。

「我來結束這場戰鬥。我不會再讓你傷害任何一個人。」

『喔喔、喔、喔喔喔、喔喔喔喔喔喔喔喔喔！！！』

下一秒，天童浮現在雲海上的臉孔，隨即充滿歡喜，歡呼震盪大地。

『喔喔喔喔喔喔喔喔!!妳真的是！真的是刀華小姐呀!!

啊啊啊！啊啊啊啊！多麼強大的力量！多麼耀眼的光芒!!

我懂！刀華小姐，我知道了！看看這無比強烈的光輝！

上天終於賜與妳「恩寵」了!!

上天果然沒有捨棄妳!!

太好了！真是太為妳開心了！啊啊，幸好——

幸好妳沒有像我一樣，來不及拯救一切！！！！』

「……！」

『刀華小姐現在的光芒，一定可以照亮那片即將籠罩時代的永夜！妳會成為英雄，保護世上善良卻弱小的光點，保護他們不受苦難侵襲!!來，在我死前，請讓我看看妳獲得上天「恩寵」，跨越極限後，究竟有多麼強大！近一點！讓我看清楚!!然後告訴我！我這無謂漫長的人生，是有意義的!!』

天童的聒譟已經超越喜悅——接近哭喊。

他彷彿將至今累積已久的情緒全發洩出來。

倘若他的雙眼還能流淚，現在一定是痛哭流涕。

刀華感受著天童的悲喜——

「天童先生，這並不是我的力量。」

告訴他，他誤會了。

『……咦？』

「你將那些人稱作脆弱的光，這股力量卻是他們分給我的。

他們回應我的呼喚，在這場暴風雪中，用凍僵的手架起了道路。

懂技術，就修理線路、操作發電廠；

有力氣，就搬運需要的資材，掃除礙路的碎石；

騎士用魔法保護眾人；

柔弱的女性在沒有暖爐、沒有燈光的避難所，緊擁著孩子；

連兒童都能幫忙修補避難所，分配糧食——

每個人都盡自己所能，在能力範圍內集結力量，並將這麼龐大的力量託付給我。」

『集結、力量……？』

「天童先生，我不需要你口中的『恩寵』。」

『——!?』

「你說過，為了保護眾人，我需要獲得上天的『恩寵』。可是，我不這麼認為。我不需要那種東西。因為世界上還有這麼多堅強的人。與其期待自己超越極限獲得的**小小**力量，或是寄望不滿意人的態度、就不願救贖任何一人的**無聊神明**，我寧願相信人群！相信那些在當下拚命戰鬥求生存的人！**我們**不會輸！不會輸給你！更不會輸給你預言的任何困難!!」

刀華宣誓道，一邊逼近天童，一邊擺出拔刀架勢。

準備一刀否定天童的一切。

然而——

『不對——』

『不對不對不對不對不對不對不對不對不對不對不對不對不對不對不對！！！』

「……！」

刀華小姐！妳錯了!!

世上的人們的確是「善」，無垢的生物！

如妳所言，他們非常傑出！

但他們也很脆弱、非常無力！只有上天能拯救他們！

一小部分、極少數的「惡」，任憑私慾發動那場戰爭。原本純潔的人們，卻參加戰爭！曾經良善、美好的人們被少數「邪惡」意志擺布，互相殘殺!!

我親眼看到了，他們只能在那瘋狂的夾縫中，不斷遭惡意輾磨、毀壞!!

人救不了人！只有上天的慈愛才能拯救他人！像我一樣!!

既然妳冥頑不靈，我只能再次發出考驗，教導妳！

那種烏合之眾凝聚的力量，無法掃除威脅！

也無法照亮永夜！

更無法打敗我！！！！』

天童聽完刀華的答覆，憤怒如熊熊烈火，令他大聲咆哮。
他像是要表現自己的怒火，分解剩餘的五柄〈天叢雲劍〉——
順著雲海，將能量傳到下方，從口中釋放強烈光波。

『神罰——〈神雷(God Breath)〉!!』

天童從空中瞄準刀華，發射光波。
這並非雷電，也非火焰，純粹無比的破壞力量。
刀華的能力無從吸收。
但是——
「假如無法驅走黑暗，我們會手牽著手，不落下任何一人，一起跨越漆黑永夜。」
刀華無畏地直視天空降下的〈神雷〉——
「天童先生，我也好希望握緊你的手……」
『————!?』

以一絲淚痕做為哀悼，她釋放眾人寄託的所有力量。

「〈雷切〉。」

雙方全力碰撞，**並未產生**分毫抗衡。

電漿刀刃出鞘，隨即將〈神雷〉連同天童附身的雲海，一刀兩斷。

下一秒，一斬而過，無法衡量的速度與能量炸開周遭氣流，吹飛覆蓋整個九州的黑雲，一片不留。

◆◇◆◇◆

「喂，阿泡哥！快看天空!!」

陽光忽然從窗簾隙縫射進病房。

〈若葉之家〉的男孩，支倉梨央見狀，飛奔到窗邊，一把拉開窗簾。

玻璃的另一端，是一片萬里無雲的寬闊藍天。

「贏了！刀華姊贏了啊!!」

梨央一時忘記自己還在病房裡，興奮大喊。

病床上的御祓泡沫見狀——無奈地聳了聳肩。

© Won

「我說過了啊，刀華一定沒問題。」

他從未懷疑這個結果。

因為他早就知道了。

自己從初到〈若葉之家〉的那時候，始終、一直比任何人都相信她。

相信東堂刀華真正的強大。

「她的強項，本來就跟學弟或史黛菈不一樣。刀華只要是為他人而戰，永遠都是最強的。」

◆◇◆◇◆

『————啊。』

定勝負的瞬間，天童又盲又漆黑的視線，感覺到那無比耀眼的光亮。

光的激流淹沒了自己，粉碎了自己，自己漸漸消失。

仔細觀察那道光流，那並不是一道龐大的光輝，而是由形形色色的微小光點，凝結成型——

天童接觸了那每一粒光點，都看到各式各樣的事物。

許多男人身上處處凍傷，仰望天空，大肆歡呼；

許多女人欣賞灑進屋內的陽光，和孩子們一起歡鬧；

每個人都疲憊不堪，傷痕累累，滿身髒汙，卻又耀眼無比，難以直視。
天童承認了。

自己，以及自己相信的「恩寵」，敗給了**他們**。

接著，他起了疑問。
自己那時為什麼沒辦法像他們一樣？
答案呼之欲出。
非常簡單。
因為自己只顧著求神，並未依賴身旁的夥伴。
一切的錯誤，就始於這個選擇。
當時，如果能在夥伴們還活著的時候，一起攜手合作……
自己也能擁有這些。他們一定存在光明的未來。
現在他懂了，也願意相信。

『我……一直、以來、都做錯、了呢…………』

意識逐漸消失在光流中。

自己即將不復存在。

在這一剎那，他悄聲呢喃道。

「但是託您的福，我才沒有犯錯。」

某處傳來少女的聲音。

「再見了，天童先生。」

光亮流逝。

逐漸掃除他的記憶。

組成播磨天童的一切漸漸飛散。

然而，在這過程中。

天童拚了命緊握那唯一一個情緒。

不讓這份情緒隨光消逝。

希望它能與自己同在，直到最後一刻。

那情緒——是後悔。

自己墮落到〈超度覺醒〉的那一天起，直至今日，它犯下了無數難以償還的罪孽。他堅信自己的遭遇是正確的，牽連許許多多的人。如今，他悔悟了。

〈超度覺醒〉絕非「恩寵」。

那只是軟弱之人無法忍受現實，窮途末路的下場。

墮落至此，便會失去與人的所有緣分。

甚至無法懺悔自己的錯誤。

不過，天童現在從光明之中，取回這份悔悟。

他終於從綿延以久的惡夢中清醒。

所以，他拚死握緊這份情緒。

極力咬住不放。

只因為這份真正的**救贖**，將他變回了人類。

刀華以〈雷切〉消滅播磨天童的亡靈後，任憑重力摔向大地。
這種高度直接墜地，伐刀者也難逃一死。
刀華使用電磁力漂浮，減慢墜落速度。
隨後降落在原為城鎮的瓦礫山上。
不過——
「唔。」
腳跟一觸及地面，膝蓋頓時發軟。
刀華直接跌坐在地。
她想撐起身，手卻使不上力。
她也耗盡所有力量了。
「哈囉，辛苦啦。」

「諸星同學……」

刀華的降落地點，正好就在諸星附近。諸星走上前。

「妳說要吞下全九州電力那時候，我根本不知道妳辦不辦得到咧。看來是做到了。妳真了不起。」

「……我其實不覺得這提議有這麼誇張呢。」

「光是妳沒懷疑可能性，就已經很有才啦。」

「先不提這個，倉敷同學沒事嗎？」

刀華看向諸星肩上的藏人。藏人一動也不動。

「他只是用光魔力，昏倒了。」諸星回道，放下藏人，自己也坐到刀華身旁。

「這傢伙真的有夠亂搞。看他模擬戰那時候一直玩這種踩鋼索的戰鬥方式，我還好心『警告』他，結果他不但沒聽進去，還繼續往前衝。這傢伙早晚會掛點。不過說歸說，這傢伙如果變謹慎，看起來也挺可怕的，繼續橫衝直撞，或許還比較適合他。」

「總之，沒事就好。那我們趕快回去找大家。我們不能繼續坐在這裡，東京現在還面臨麻煩呢……！」

看諸星坐下來，似乎是想喘一口氣。但他們沒辦法這麼悠哉。

九州度過了危機。

然而，東京的人們還在奮戰。

他們要趕快去支援。

刀華說著，勉強站起身——

「嘿呀！」

下一秒，諸星的〈虎王〉掃中她的腳，又不支跌倒。

「哇呀!?你、你做什麼!?」

「走路搖搖晃晃的傢伙能幹麼？只會礙事。」

「可是！」

「妳很努力了。」

諸星大聲蓋過刀華的抗議。

「！」

「我也很努力了。順帶一提，這傢伙也幹得不錯。所以我們都要休息。東京那邊還有一大票有名騎士，〈世界時鐘〉也在。我們不靠〈世界時鐘〉就幹掉那怪物老爺爺，他們至少要發揮骨氣，讓我們休息休息。或者說，他們當然頂得住。」

「…………」

經諸星這麼一說，的確是這麼回事。

東京分配了十足十的戰力保衛首都。

與其累得半死還勉強上前線，不如相信他們，趁機休息。這麼做比較合理。

「說得也是……那我就、休息一下…………」

刀華認同諸星的說法，一放鬆，身體頓時沒了力氣，無力地向後躺下。
她也沒心情勉強自己起身了。
向上望去，眼前盡是一片晴朗藍天。
這景象太過耀眼。刀華一邊仰望，一邊向上伸出手。
接著握起手，心想。
現在，她只想欣賞眾人奪回的天空。
就一下下。
一小時就好。
花這一點點時間休息，一定不會有人責備她。

◆◇◆◇◆

九州順利戰勝〈大炎〉的消息，隨即透過海江田回報給〈綜合作戰中心〉。
「「唔喔喔喔喔喔喔喔喔喔————！！！！」」
〈綜合作戰中心〉的老將顧不上形象，又是舉拳又是亂跳，非常開心。
「九州的人居然辦到了！」
「而且還是學生騎士主導作戰！這些孩子太優秀了！」
「無論如何，真是太好了。這邊光是應付第二波敵軍，就忙翻天了，實在沒餘力撥出援軍……」

「我們也不能輸他們啊!!」

日本被迫同時進行兩場非常困難的戰鬥。

就作戰層面來看，能夠先結束一場戰鬥，就算是大好的轉機。

這下總算能全力投入首都保衛戰。

「如何？需要立刻將當地戰力召回東京嗎？」

「……也好。轉告海江田以及其他魔法騎士，將當地狀況交給自衛隊處理。請他們率領還能行動的騎士回來支援東京。但是，不需要勉強。當地才剛經歷一場大戰，記得補上提醒，讓疲憊的人確實休養。」

「瞭解。」

嚴聽完祕書的提議，回答道。接著，他也鬆了一口氣。

他相信刀華做得到，才將作戰交給她執行。但平時的他，絕對不會做出這種決定。

刀華漂亮地達成自己的職責。

她的成果，並沒有辜負她的B級評價。

……非常出色。

還有另一個人——

這次作戰還得歸功於另外一個人。他比刀華更加顯眼。

「前任七星劍王，諸星雄大……」

從嚴的角度來看，在這次九州的一連串動亂中，他的表現令人讚嘆。

諸星面對那樣嚴重災害，強大的敵人，**卻一次都沒有犯錯**。

一開始，諸星應嚴的請託參加作戰，前去救走刀華。他當下判定自己無法對付敵人，立刻帶著救助目標逃離現場。他平安歸來後，分析第一次應戰獲得的敵方資訊，思考如何將戰況導向勝利，並在最終階段主動採取行動。

當退則退，當進則進。

他的實力紮實，身在大賭局中也不曾失色。

判斷力優秀，能以最佳效率扭轉情勢。

一輝、史黛菈，甚至是同世代的年輕人，都不見這類強項。

而日本接下來的處境，卻必須具備這種強項。

那就是「將領」之才。

也因為如此，嚴認為他的處境很危險。

一個人觀察得比別人更多，必定容易遭人排斥。

年紀輕輕就嶄露頭角的人更是如此。

周遭無法包容他的優秀。

曾幾何時，自己的父親、曾祖父也曾因此排斥祖父黑鐵龍馬。

就事論事，諸星這次的確引發了問題。他擅自將〈劍士殺手〉找去九州。站在嚴的立場，他無法睜一隻眼閉一隻眼，必須以某種形式追究諸星的責任。也正因為如此——

「人一旦比別人看得更長遠，就需要比別人更高的權力。」

自己很保守。

如今不但無從改變，也不知如何變通。

但是，下一個世代絕對需要諸星這樣的年輕人。

自己應該找機會和他談一談。

嚴暗自決定，但現在必須收拾眼前的問題。他望向螢幕，螢幕上顯示海戰的戰況。

——戰況不好不壞，陷入膠著。

這一整夜，敵方突擊登陸部隊試圖登陸進攻好幾次，陸地上的自衛隊和魔法騎士全都一一擊退，仍然維持現有的防衛線。

五個小時前，所有東京都民已經順利進入避難所。多虧聯盟職員與警察協助，並沒有引發太大的混亂。

不過，目前最大的威脅——〈企業號〉仍然存在。

幸虧〈世界時鐘〉新宮寺黑乃極力奮戰，將〈企業號〉釘在外海，但還沒辦法給予致命傷。

主因是〈企業號〉太過巨大。

黑乃的〈粉碎時空〉效力強大，能夠一次擊毀敵人，以及敵人存在的時空座標。唯一的缺點就是效果範圍太窄，只有五立方公尺。〈企業號〉全長超過五百公尺，一定超過效果範圍。

嚴思考著。要想打破現狀，還需要更決定性的一步棋，只要一步就好。

（但是，現階段的戰力中，有什麼人能推動這場異次元的打鬥——）

正當嚴陷入沉思——

〈綜合作戰中心〉的其中一名接線生突然驚呼，猛地站起身，一臉見鬼似地大喊：

「緊、緊急！緊急聯繫！緊急聯繫!!」

方才對馬基地傳來消息，『已保護月影總理』!!

重複一次！已收到聯繫，『已保護月影總理』!!總理平安無恙!!」

「你、你說什麼!?」

「等等！美國不是抓到總理了？」

「到底是怎麼一回事……!?」

〈綜合作戰中心〉原本還沉浸在九州勝利的餘韻，這句報告又使眾人譁然。

這也難怪，美國、不，〈大國同盟〉是以月影的供詞為由，引發戰爭。

當事人月影卻回到國內。

一切都是謊言？

還是有人出手相助？

所有人的大腦陷入錯綜複雜的思考，一時難以整頓。

其中──

「另外，黑鐵分部長！」

接收緊急聯繫的接線生，仰望司令官席上的嚴，開口報告：

「總理抵達對馬基地時，令郎也是其中一名同行人員！」

「──！」

後記

我是作者海空陸。非常感謝各位讀者讀完落第騎士第十七集。以曾經勁敵奮戰為主題的「大炎篇」，不知道各位還盡興嗎？我自己倒是寫得非常開心。早就想讓某些角色做出某些行動，這次達成了不少願望。

這一切都要多虧這部系列持續了這麼久。很謝謝各位讀者的支持。

「大炎篇」是以否定〈魔人〉做為主題，或者可說是提醒讀者，超越自身可能性並沒有這麼容易。我也想告訴讀者，變強的道路，並不只有超越自我一途，所以讓刀華辛苦了。雖然她這次的遭遇，幾乎是她自己造成的，但搞不好算得上全系列最痛苦！（有粉絲來信說喜歡刀華，我只能跟他說對不起，真的很對不起……）

寫完重新看看，發現這次的戰鬥真的很激烈。一輝的劇情不管寫到哪，都只能描寫「對人戰」。本集戰鬥的氛圍跟以往完全不一樣。但我也很喜歡這類劇情。

那麼，以下是道謝單元。多虧各位，才能順利出版第十七集。

ＷＯＮ老師，謝謝你畫了這麼多熟悉的老角色！

小原編輯，這次在構想階段卡了很久，謝謝你陪我討論。多虧編輯，我才能寫出這麼好看的章節。

再來是一直支持本作的各位讀者，真是非常感謝你們。

託各位的福，落第騎士下一集終於來到第十八集。

下一集開始，終於要邁入最終章。

一輝在歐爾．格爾戰縮小了，他能不能在之後的戰鬥存活下來？

這次女主角只出現在封面，她下集有戲分嗎？

希望各位能陪伴本作直到最後。

還有還有，〈超人高中生們即便在異世界也能從容生存！〉動畫版現正熱映中，各位願意抽空觀看的話，我會很開心、非常開心！播出管道非常多，還請各位多加利用！

那我們第十八集再會了。再見！

落第騎士英雄譚

落第騎士英雄譚

浮文字

落第騎士の英雄譚17

（原名：落第騎士の英雄譚17）

著　者／海空陸　封面插畫／ＷＯＮ　譯　者／堤風
發行人／黃鎮隆　副總經理／陳君平　副　理／洪琇菁
執行編輯／曾鈺淳　美術編輯／李政儀　國際版權／黃令歡、梁名儀
企劃宣傳／邱小祐　文字校對／施亞蒨　內文排版／謝青秀

出　版／城邦文化事業股份有限公司 尖端出版
台北市中山區民生東路二段一四一號十樓
電話：（〇二）二五〇〇－七六〇〇
傳真：（〇二）二五〇〇－二六八三
E-mail：7novels@mail2.spp.com.tw

發　行／英屬蓋曼群島商家庭傳媒股份有限公司城邦分公司　尖端出版
台北市中山區民生東路二段一四一號十樓
電話：（〇二）二五〇〇－七六〇〇（代表號）
傳真：（〇二）二五〇〇－一九七九

中彰投以北經銷／楨彥有限公司（含宜花東）
電話：（〇二）八九一九－三三六九
傳真：（〇二）八九一四－五五二四

雲嘉經銷／智豐圖書有限公司　嘉義公司
電話：（〇五）二三三－三八五二
傳真：（〇五）二三三－三八六三
客服專線：〇八〇〇－〇二八－〇二八

南部經銷／智豐圖書有限公司　高雄公司
電話：（〇七）三七三－〇〇七九
傳真：（〇七）三七三－〇〇八七

一代匯集／香港九龍旺角塘尾道六十四號龍駒企業大廈十樓B&D室
電話：（八五二）二七八三－八一〇二
傳真：（八五二）二五八二－一五二九
E-mail：hkcite@biznetvigator.com

新馬經銷／城邦（馬新）出版集團Cite（M）Sdn. Bhd.
E-mail：cite@cite.com.my

法律顧問／王子文律師　元禾法律事務所
台北市羅斯福路三段三十七號十五樓

二〇二一年四月一版一刷

■中文版■

郵購注意事項：
1.填妥劃撥單資料：帳號：50003021戶名：英屬蓋曼群島商家庭傳媒(股)公司城邦分公司。2.通信欄內註明訂購書名與冊數。3.劃撥金額低於500元，請加附掛號郵資50元。如劃撥日起 10～14日，仍未收到書時，請洽劃撥組。劃撥專線TEL：(03)312-4212 ・ FAX：(03)322-4621。E-mail：marketing@spp.com.tw

國家圖書館出版品預行編目資料

落第騎士英雄譚 17 / 海空陸作；堤風譯. -- 1版.
［臺北市］： 城邦文化事業股份有限公司尖端出版：英屬蓋曼群島商家庭傳媒股份有限公司城邦分公司發行, 2021. 04-
面； 公分
譯自：落第騎士の英雄譚
ISBN 978-957-10-9422-9（第17冊：平裝）

861.57 110001734